3

西郷隆盛
乃木希典

新学社

JN324976

装幀　友成　修

カバー画
パウル・クレー『悪魔のマリオネット』一九二九年
財団法人　長島美術館蔵
協力　日本パウル・クレー協会

河井寛次郎　作画

目次

西郷隆盛

大和書房版『西郷隆盛全集　第四巻』に拠る

遺　教

一　操坦勁への教訓と経書講義　文久二年冬

一　一家親睦の教え

此のときよう、只あたい前の看板のみにて今日の用に益なく、怠惰(たいだ)に落ちやすし。早速手を下すには欲を離るる処第一なり。一つ美味(びみ)あれば一家挙(こぞ)ってともにし、衣服をつくるにも、必ずよきは長にゆずり、自分勝手を構えず、互いに誠を尽すべし。只欲の一字より親戚の親しみも離るるものなれば、根拠する所を絶つが専要なり、さすれば慈愛自然に離れぬなり。

二　経書講義

大学之道、在レ明ニ明徳一、在レ新レ民、在レ止ニ於至善一。

（大学の道は明徳を明らかにするに在り、民を新にするに在り、至善に止まるにあり）

此の処は三綱領と申して、大学の全旨八条目も是より生じたるものなれば、緊要至切なり。

大学の道とは成人学問の仕様なればなり。

さあ、その仕様と云えば、人間と云うものは、天自然に仁義礼智信の徳を備えたるが、即ち是が明徳なり。あの明徳をなぜに明らかにすと云えば、ここが第一の処、みんなが明徳を備えておるならば、賢不肖も有るまじき筈、ここで工夫したがよい。その賢不肖ある訳は、只、きたない欲と云うものが目のふれよく聞くにしたがい、物に応じて発（お）こって天徳をおおいかくす故なり。夫（それ）じゃによって、如何に手を下して明らかにはなすぞと云えば、ちょっと胸にうかんだのを、すこしもゆがまず、まっすぐになし、ちっとも心によごれのなく、仰いでは天に恥じず、俯（ふ）しては地にはじんのが、明徳を明らかにすと云うぞ。但しは気質の清濁美悪の変わりあれども、人欲にさえ迷わねば、聖賢の地位にはいたらずとも、必ず、分に応じた徳器はなすものなれば、欲を払い除く処肝要ぞ、さすれば自然と天理にたち反るものなり。

新民と云うは自分の天徳をはきといたした上は、人に推し及ぼさんければならんじゃによって、事（つか）える所の君上の非を格（ただ）し善にすすましめ、明徳を明らかになし奉りて政事の上に仁恩を施（ほどこ）し、百姓の上迄徳化に沢（うるお）い孝悌忠信になしおおせることぞ。

至善とは調度物事に応じて過不及なく、皆中に当たりて安堵いたしあるぞ。扨、三綱領と云ってあるけれども、何ぞ階級のある訳ではないぞ。地位を異にした迄にて、自分の身に取っては明徳を明らかにし、人に向かっては新民ぞ。其の新民迄行き届いた処が直様安心の場ぞ。ここがすなわち至善に止ったというものなり。心においてなんの高下差別のあるべきや。

〔注〕明明レ之也。明徳者人之所レ得ニ乎天一、而虚霊不レ昧以具ニ衆理一而応ニ万事一者也。但為ニ気稟所レ拘人欲所レ蔽、則有レ時而昏、然其本体之明、則有下未ニ嘗息一者上。故学者当下因ニ其所レ発而遂明レ之以復中其初上也。

（明はこれを明らかにするなり。明徳は、人の天に得る所にして、虚霊昧からず、以て衆理を具えて万事に応ずる者なり。但、気稟の拘する所、人欲の蔽う所とならば、則ち時ありて昏し。然れども其の本体の明は、則ち未だ嘗て息まざる者あり。故に学者当に其の発する所に因りて、遂にこれを明らかにし、以て其の初に復えすべきなり。）

○夫明徳と云うのは天の心にて、いまだ喜怒哀楽のおこらざる所なれば、一点の汚塵これなし、よって名づけて天理と云う。然れば第一未発を養うにあり、物に応じて情の起こらぬ処を以て向かえば、必ず天理に当たり鏡の物を照らすが如く其の中を得るなり。情に動いて事に当たりてはたちまち非道に陥る。天心とは春夏秋冬間違いなく廻り廻りてやまざるが如く、春になった所で春は知るや、一様の訳で、情の動かぬ処で事に応ずれば、必ず真情に当たる、同じ理也。又、気質人欲と云う畏(おそ)ろしいものが出来たぞ。気質には強いのもあるし、弱いのもあるし、急(きつ)いのもあるし、寛(ゆる)やかなるのもあるし、智なるもあり、愚なるもある。さあ、これで天理をぬいふさぐと朱子が云わしゃるぞ。人欲と云うきたないものが人々沢山持ち溜(た)めていれば、これが第一天理をすみにまげこむのじゃと、六ケ敷(むつかしく)云わしゃるが、みんなが情に落ちた論じゃよ。情の発せざる前においてみたがよい、自身と云うものが見えんぞ、それで虚霊不昧(きょれいふまい)と云われたではないか。自身と云うのが見得なければ対立するものがない。それでいやな気質と云うことは、のけておいたがよいよ。さあ、対立するものがなけいや欲がおこらぬぞ、ここが工夫の用い処じゃないかい。そこで情の顕われぬ前が、明徳の地位なる事を少しにても取りつけたらば、一心不乱に修し行じて、其の気を失うべからず。さすれば自然と初めうけたる天理なりに、やりつくるもの也。

新者革二其旧一之謂也。　言既自明二其明徳一、又当五推以及レ人、使四之亦有三以去二其旧染之汚一也。　止者必至二於是一而不レ遷之意。　至善則事物当然之極也。　言明二明徳一新レ民、皆当下止二於至善之地一而不上遷、蓋必其有三以尽二夫天理之極一、而無二一毫人欲之私一也。　此三者大学之綱領也。

（新とは其の旧(ふる)きを革(あらた)むるの謂(いい)なり。言うこころは、既に自ら其の明徳を明らかにし、又当(まさ)に推して以て人に及ぼし、これをして亦以て其の旧染の汚を去るあらしむべし、となり。止とは、必ず是に至りて遷らざるの意。至善は、則ち事物の当然の極なり。言うこころは、明徳を明らかにすると民を新にするとは、皆当に至善の地に止まりて遷らざるべし、蓋し必ず其の以て夫の天理の極を尽くすありて、一毫も人欲の私無し、となり。此の三者は、大学の綱領なり。）

夫明徳を自分と得たらば、是非人にも推し及ぼして得させんければならん。そこで何ぞ垢の久しく付いてあるのではないよ。そう云うては具足してあるものとは云われぬ。只、東の方を西じゃと取り間違えていた計りじゃものを、さあ、そちらは西じゃよ、こちらが東と思いつかせた計り也、なぜに六ヶ敷洗濯してなすものならんや。又、至善と云うは矢張り名を変えたる迄、おんなじ天理なり、名の変わってある訳は、とんと天理なりになり切って、少しも間違いのない処に安心の出来たのが、至善に止どまると云うもの也。君に忠し親に孝を尽くす、思わず巧まず、調度その筋にひき当たってゆくものなれば、弥安心して其の道をふみ行うではないか。

三　経書講義

孟子曰、殀寿不レ弐、修レ身以俟レ之、所三以立レ命也。

（孟子曰く、殀寿弐わず、身を修めて以てこれを俟つ、命を立つる所以なり。）

殀寿は命の短きと命の長きと云うことなり。是が学者工夫上の肝要なる処、生死の間落ち着き出来ずしては、天性と云うことあいわからず、生きてあるもの一たびは是非死なでは叶わず、とりわけ合点の出来そうなものなれども、常に、人、生をおしみ死を悪む、是皆思慮分別を離れぬからのことなり。故に欲心と云うもの仰山起こり来て、天理と云うことを覚ることなし。天理と云うことが慥かに訳ったらば、寿殀何ぞ念とすることあらんや。只今生まれたと云うことを知って来たものでないから、いつ死んと云うことを知ろうようがない。それじゃによって生と死と云う訳がないぞ。さすれば生きてあるものでもないから、思慮分別に渉ることがない。そこで生死の二つあるものでないと、合点の処が疑わぬと云うものなり。この合点が出来れば、これが天理の在り処にて、為すことも云うことも一つとして、天理にはずるることはなし。一身がすぐに天理になりきるものなれば、是が身修まると云うものなり。そこで死んと云うことがない故、天命の儘にして天よりさずかりしままで復すのじゃ。少しもかわることがない。ちょうど天と人と一体と云うものにて、天命を全うしおうじたと云う訳なればなり。

二　岸良真二郎への教訓

岸良真二郎よりの質問

一　事に臨み猶予狐疑して果断の出来ざるは、畢竟憂国の志情薄く、事の軽重時勢に暗く、且つ、愛情に率かさるるによるべし。真に憂国の志相貫き居り候えば、決断は依って出ずるものと存じ奉り候。如何のものに御座候や。

二　何事も至誠を以てなし候えば如二勇智一は其の中にこれあるべきと存じ奉り候。平日別段に養うべきものに御座候や。

三　事の勢いと機会を察するには、如何着目仕り然るべきものに御座候や。

四　思い設けざる事変に臨み、一点動揺せざる胆力を養うには、如何目的を相定め、何より入りて然るべきものに御座候や。（以上）

西郷の答え

一　猶予狐疑は第一の毒病にて、害をなすこと甚だ多し、何ぞ憂国志情の厚薄に関わらんや。義を以て事を断ずれば、其の宜しきにかなうべし。何ぞ狐疑を容るるに暇あらんや。狐疑猶予は義心の不足より発るものなり。

二　至誠の域は先ず慎独より手を下すべし。間居即ち慎独の場所なり。小人は此の処万悪の淵藪なれば、放肆柔惰の念慮起こさざるを慎独とはいうなり。是善悪の分かるる処なり、心を用ゆべし。古人云う「主静立人極」（静が主なれば人極に立つ）と。是其の至誠の地位なれば、慎まざるべけんや。人極を立てざるべけんや。

三　知と能とは天然固有のものなれば、「無知之知不㆑慮而知、無能之能不㆑学而能」（無知の知は慮らずして知り、無能の能は学ばずして能くす）。是何物なるぞや、其惟心の所為にあらずや。心明らかなれば、知又明らかなる処に発すべし。

四　勇は必ず養う処あるべし。孟子言わずや「浩然之気」を養うと。此の気養わずんばあるべからず。

五　事の上には必ず理と勢との二つあるべし。歴史の上にては能く見分けつべけれども、現事にかかりては甚だ見分けがたし。理勢は是非離れざるものなれば、能く心を用ゆべし。譬えば、賊ありて討つべきの罪あるは其の理なればなり。規模術略、吾が胸中に定まりて是を発するとき、千仞に座して円石を転ずるが如きは、其勢というべし。事に関わるものは、理勢を知らずんばあるべからず、只勢いのみを知りて事を為す者は、必ず術に陥るべし。又、理のみを以て為すものは、事にゆきあたりて迫るべし。いずれ、「当㆑理而後進、審㆑勢而後動」（理に当たりて後に進み、勢を審らかにして後に動く）ものにあらずんば、理勢を知るものと云うべからず。

六　事の上にて機会というべきもの二つあり。僥倖の機会あり、又、設け起こす機会あり、大丈夫僥倖を頼むべからず。大事に臨みては、是非機会は引き起こさずんばあるべからず。英雄のなしたる事を見るべし。設け起こしたる機会も、跡より見る時は僥倖のように見ゆ、気を付くべき所なり。

七　変事、俄に到来し動揺せず、従容其の変に応ずるものは、事の起こらざる今日に定まらずんばあるべからず。変起こらば只それに応ずるのみなり。古人曰く、「大丈夫胸中、灑々落々、如二光風霽月一、任二其自然一何有二一毫之動一レ心哉。」（大丈夫胸中、灑々落々、光風霽月の如く、其の自然に任せば、何ぞ一毫の心を動かすものあらんや）と、是即ち標的なり。此の如き体のもの、何ぞ動揺すべきあらんや。

八　誠は深く厚からざれば、自ら支障も出来るべし、如何ぞ慈悲を以て失を取ることあるべきか、決して無き筈なり。いずれ誠の受用においては見ざる所において戒慎し、聞かざる所において恐懼する所より手を下すべし。次第に其の功積りて至誠の地位に至るべきなり。是を名づけて君子と云う。是非、天地を証拠に致すべし。是を以て事物に向かえば、隠すものなかるべきなり。司馬温公曰く「我が胸中、人に向かって云われざるものなし」と。この処に至っては、天地を証拠といたすどころにてはこれなく、即ち天地と同体なるものなり。障礙する慈悲は姑息に非ずや。嗚呼大丈夫姑息に陥るべけんや、何ぞ分別を待たん。事の軽重難易を能く知らば、片落ちする気づかい更にあるべからず。

九 剛胆なる処を学ばんと欲せば、先ず英雄の為す処の迹を観察し、且つ其の事業を翫味し、必ず身を以て其の事に処し、安心の地を得べし。然らざれば只英雄の資のみありて、為す所を知らざれば、真の英雄というべからず。是故に英雄の其の事に処する時、如何なる胆略かある、又、我の事に処するところ如何なる胆力ありと試較し、其の及ばざるもの、足らざる所を研究精励すべし。思い設けざる事に当たりて一点動揺せず、安然として其の事を断ずるところにおいて、平日養う所の胆力を長ずべし。常に夢寐の間において我が胆を探討すべきなり、夢は念いの発動する所なれば、聖人も深く心を用うるなり、周公の徳を慕う一念旦暮止まず、夢に発する程に厚からんことを希うなるべし。寤寐の中、我が胆動揺せざれば、必ず驚懼の夢を発すべからず。是を以て試み、且つ明むべし。

一〇 若し英雄を誤らんことを懼れ、古人の語を取り是を証す。

譎詐無ㇾ方、術略横出、智者之能也。去二譎詐一而示ㇾ之以二大義一、置二術略一而臨ㇾ之以二正兵一。此英雄之事而、智者之所ㇾ不ㇾ能ㇾ為矣。

（譎詐方なく術略横出するは智者の能なり。譎詐を去りてこれに示すに大義を以てし、術略を置きてこれに臨むに正兵を以てす。此れ英雄の事にして智者の為す能わざる所なり。）

英雄の事業此の如し。豈奇妙不思議のものあらんや、学んで而して至らざるべけんや。

三　犬塚盛巍への訓話　明治三年八月

一　十六日（三年八月）昼後より参り、未だ親しみのこれなき処へ、突然御国情の噺にも及び兼ね候間、暫く筑前の贋札一条抔承り候処、一向細事の儀は申されず候得共、弾台の御役人には叱られ候抔申され、其の節弾台より見込みもこれあり候わば、十分に聞きたきとの事なりし故、私兵隊にて廟堂の事は、聊も存じ申さずと挨拶に及び候処、強いての御尋ねに付き、余り御無理なる仰せ、一体兵隊抔と申すは、鳶の者も同様に御座候。譬えて申さば、鳶の者へ呉服屋の事を御尋ねも同様なりと申し候得共、猶又迫り候間、夫より暴言致し候には、天下弾台の御職掌と申すは、贋札様の小さな事に御目付けさせられ候ものには御座ある間敷、斯かる目前の小事に御目が付き候ては、詰りは苛察の御政体に立ち至るべく、今日何故に、天下の御法を犯し候者出候と申す根元は、是非これあるべく候、其の根元を御糺し成さるべく、左なくして末ばかり御穿索相成り候ては、天下の人頭切り尽され候ものや、否、必ず廟堂を害するものこれあるべく、此等の小事を捨て置き、其の源を御糺し成さるべきは、是弾台の御職掌と存じ奉り候。先ず鳶の者は箇様の暴言致し候ものと思召さるべくと申しました抔、笑いながら御噺に御座候。

二　朝廷今日の処、譬えて申せば、鉄車の鋳付きも同然なり。其の処へ只油を引き候共、車の廻るべき便御座なく候。依て先ず鉄鎚にて一旦響きを付け、其の上に車の廻るべき仕方を致し申さずば、相成らず候ものと存ぜられ候。廟堂始め今日様の事にては、決して相済み申さずと云う処に、一旦御目が付かせられず候わでは、如何共致し方御座なく候。就いては只今出候共、畢竟議論に過ぎ申さず、追って其の機会の出候節は、決して傍観仕らず候と申され候。

三　今日廟堂の処を見候に、参議以上大納言辺の処、都て弁官取次役の成され方也。か様の御目的にて御政体立ち候ものやと申され候。

四　廟堂の人を御使い成され候処を伺い奉り候に、一切人に御委任と申す事は、御布告面ばかりに御座候。少しく丈夫の人物揚げ候共、皆腰縄を御付け成され候故、十分の職掌は上り兼ね候。斯御不安心の御心が先に立て人を使われ候ものやと申され候。

五　今日人材を御招き成され候とも申し乍ら、上に夫丈の御信が相立たざれば、徒に書文を以て御招き成され、夫にても人物揚り候ものやと申され候。

六　静岡の勝（安房）抔も、弥願いの通り兵部大丞御免の由、兵制の義都て同人へ御任せ相成り候位にこれなくば、御兵備抔相立ち申す間敷と申され候。

七　文明開化と申す事は、憚り乍ら当今の勢いに御座なく候。右手に筆を取り、左に剣を御提げ成され候御気持にて、今一度御革政遊ばされ候上に、自然文明開化の勢いに立ち至るべき事と申され候。

八　方今、封建の弊風御除き、郡県の御仕方に相成り候上は、人材に応じ其の職掌御授け相成り候儀勿論の事、然るに大納言以上は華族にこれなくば相済まずと申す事は、解し難き事と申され候。

九　昨年中より度々御召しに付き、同藩の者抔色々出府相進め候間、其の砌私申し候には、貴様達余に向かい朝廷の役人になれと申す事は、余を敬い候様に候得共、当今朝廷の御役人は何を致し居り候と思い候や、多分は月給を貪り、大名屋敷に住居致し、何一つ職事揚がり申さず、悪敷申せば泥棒なり、同藩の者へ対し泥棒の仲間に成れと申す事、甚だ余を賤しめ候事にはこれなきやと申し候。此の後は一切進め申さず抔、或る日の噺にて大笑い致し候。

一〇　朝廷より御召しの儀、不肖の私にても小吏に御用いと御座候上は、聊かも自辞せず候得共、其の実左様にはこれなく、斯く引き込み候て、何にか悪敷事にても致し候やと、此等の処より政府に金縄にて縛し居り候御趣意に付き、御役人に成り候気位にて罷り在り候ては、大きなる見込み違いと存ぜられ候間、暫く見合わせ申し度と申され候。

二　兵隊引き揚げの儀、恐れ乍ら廟堂今日に至り、最早相極まり候御模様なり。是非一尽力仕らず候わでは、相済まず候間、就いては兵力を以て闕下に相迫り候と申され候は不本意に付き、右を断然引き揚げ、人事を以て一尽力の場合と存じ奉り候。且つ長々兵隊さらし置き候ては、方々へ奔走致させられ、兵力をそがれ候事も以後はこれあるべくと邪推に付き、旁引き揚げ候心組みと申され候。

三　岩倉卿仰せられ候は、薩長との間隔たり候ては、朝廷立たせられず候間、其の処は枉げて心付け候様にと仰せ聞けられ候得共、是は存じ寄らざる事なり、長州に限らず、都て弊藩においては、道を以て会し、邪を以て離れ候は、一同の心底に御座候。弊藩において何れの藩と雖も、左様の儀は、主上の御沙汰にても御請け仕り兼ね候段、挨拶に及びたる由申され候。

三　此の頃、大久保より書状遣わし、廟堂の儀歎息致し、昨夜抔は図らず落涙に及び候と申し越し候間、廟堂今日に至らせられ候儀は、今に始り候儀にはこれなく候。最前より其の端相顕われ候ため兼々尽力の事申し遣わし候得共、一向其の儀なく、今時分終夜泣き居り候とも、何の益もこれなく候間、夫よりは十分尽力致し、夫にても御採用これなくば、早々帰れと申し遣わし候事なりと申され候。

四　酒田県の儀も、最初船越出張中より、此の度岩男監督の一条迄相噺し候処、是はひどい事に御座候。一体府県の儀は、朝廷の御手足に候、御自分の御手足を御苦しめ成され候事、是又私共の考えの及ばざる事に御座候。譬えば垣の無き御隣家を御持ち成され候様なるものにて、御難儀にこれあるべきと笑い噺に申され候迄なり。

一五　御国政御変革の相談、中殿様今日御稽古御取懸りの御心底、又綿服等の事相噺し候処、両手を突き篤(とく)と聞き居り、何の挨拶も致さず、憚りながら御藩の御隆興は、今日よりと存じ奉りますと申され候。以上。

四　坂元純熙への教訓　明治三年十二月

一　熊本藩横井平四郎、壮年の砌(みぎり)、諸国遊歴いたし、国々人物を尋ね廻り、人材と彼あがめ候人々、その後名を挙げざる者はこれなく、加州の長沼某と申す者只一人、其の名顕われざるよしに御座候。其の経歴の節、長州の村田四郎左衛門と申す人に面会致し候節、何等の訳にて天下を経歴いたし候歟(か)。其の趣意如何と四郎左衛門問い掛け候由。然る処横井相答え候には、何れ(いず)天下の政一途(いちず)に出候様これなく候わでは、只一国一国の政事にては相済まずと心付き、彼に長じ候処もこれあり、是に得たる処もこれあるべく候に付き、是非得失を考え合わせ、一途政体相居(すわ)り候処念願にこれあり、遊歴いたし国政の善悪を視察致し候旨申し述べ候処、然らば其の国に入り其の政の善悪是非は、何を以て識り候やと相尋ね候処、先ず其の国に到り、士の容体質朴なるは必ず士風盛んなる処、又町家の繁栄なる所は其の国の富みたる処、農政行き届き民心を得候所は必ず仁政の行われ候処、此の三条を目的にいたし、其の事の挙り候所は、其の国に人材これあるべく候に付き、其の人に問うて細目を正し、本体を明らめ候処、多くは相違もこれなき趣申し聞き候処、今一事見処これあり候が心付かざるやと四郎左衛門申し述べ候処、幾度も考え合わせ候得共考え当たらず候に付き、如何の所歟頓と考え当たらず候に付き、願わくば教え呉れ候様申し述べ候処、市中に玩物多く売物これあり候処、決って奢美の国にこれあり候旨申し述べ候処、横井閉口いたし候由。此の遊歴中に頭を下げ候人は、村田一人にてこれありたる由に伝え承り居り候。横井の一条御書載これあり候故、由来を委敷相記し申し候。

一　天下の形勢、各藩富国強兵を論ぜざるものはこれなく候得共、其の本を立て候処相少なく、国を富ますといえば、利を起こす事にのみ目を掛け枝葉に渉り候故、其の利、利に成らず、却って一害を増し候処少なからず、一向に商法に心をくばり、国家の経済を失し候処多く、其の弊救うべからざるの勢いに成り立ち候事に御座候。第一、明君の国家を振起せし跡を、能々玩味すべき事に御座候。米沢侯鷹山侯・熊本銀台侯・近くは水戸の老侯、此等の人々、第一事を好み候人に御座候や、止まざるの人に御座候や、其の止まざるものより発し候御所行に御座候間、此の目的を取り違え候ては、見聞する処、大いに間違いを生じ申すべく候。目に見えぬ費《ついえ》（此の目に見えぬ費とは、多くは君側後宮の間に少なからず、止まれざるものは必ず此所より手を下し申すべく候、此の弊所破れず候わでは、如何程利を得候ても止まれず候事に候。）を除き候事、誠に一大事の場合にて候えば、因循《いんじゅん》の病を療し候ものにてこれなく、此の病の癒え候上にてこれなく候わでは、目に見え候弊相破れ候ても、夫丈《それだけ》の善事挙がらざる訳に御座候。見処必ず此の所に御座候。国家の大経済に於いて、第一出得を定め、貯蓄これあり、救荒《きゅうこう》に備え、軍備を設け候処は、必ず本《もと》立ち候国にて、利を起こし候は即ち是が遊軍と相成り候事と存じ奉り候。右様には決して人物これあるべく候に付き、今日事を採り候人を相求め、国を起こし候本旨と施《し》掛《か》け候始末、委敷《くわしく》御尋ね相成りたき事に御座候。当時、国を富ますと云うて利を起こし、奸商《かんしょう》の計策に陥り不利のみ多く、兵勢を起こすと云うて、少し兵隊振るい立ち候えば、政府は相驚き、兵隊を邪魔にいたし候処少なからず、趣意立たず、本旨を失し候故、斯《か》くの如き体に陥り候間、今日兵隊盛んなるかの処は、兵隊の目的如何に立て候か、政府に力を付け、国家を維持するものは兵隊と、箇様《かよう》相成り居り候か、能々《よくよく》観察すべき所に御座候。左なく候わでは、一端興起いたし候共、却《かえ》って国家を危亡に誘《みちび》き候儀は、案中の事に御座候間、兵勢の盛んなるとは申し難き事に御座候。弊を破るも事を起こすも、初めの主意第一の訳にて、格恰《かっこう》の出来候ものは仕業にてこれなく、主意に格恰は出来候間、其の本志を尋問すべき事に御座候。右の大体、当時の急務古来此(かく)の如し。其の小目(しょうもく)に於いては此の大体より推して以て知るべし。忠恕一貫豈他岐(あにたき)あらんや。

南洲翁遺訓

副島種臣の序文

南洲翁遺訓一巻、雖二区々小冊子一、当下今之時、有レ足レ観中于故大将之威容之儼与声音之洪上者、独頼二此篇之存一。噫西郷兄何以蚤死乎。著二茲書一者誰、庄内賢士大夫酒井忠篤・酒井忠宝・菅実秀・松平親懐・和田光観・戸田務敏・赤沢源弥・勝山重良・三矢藤太郎・伊藤孝継・栗田元輔・池田賚・大島範古・黒谷謙次郎・石川静正・春山安勧・山口三弥・本間光輝也。

明治二十三年一月　　副島種臣　印　印

（南洲翁遺訓一巻は区々小冊子たりと雖も、当に今の時、故大将の威容の儼と声音の洪を観るに足るあるべき者、独り此の篇の存するに頼る。噫、西郷兄何を以て蚤死せるか。茲の書を著わす者は誰なるぞ、庄内賢士大夫……以下略）

「南洲翁遺訓」原書序文

抑西郷南洲翁は筑紫の一隅に生まれ、天縦の徳量を稟け、蚤く宇内の形勢を察し、澆季の政、苟且媮安に流れ外患荐りに迫り、或は欧米の属隷とならん事を憂え、皇道を興起し、万国対峙の勢いを拡張せんと欲して、精誠を尽すと雖も、時の猜忌する所となり、三たび南海の孤島に竄せらるるに至るも、尚自ら誠心を養い、王室を睠顧し国威を顕耀するを以て、己の任とす。其の至誠の瑩徹する所、天人共に応じて終に能く維新の鴻業を造し、天下皆国家の柱石と恃む。而して昊天弔せず、日月と光を争うの明徳昧昧として、世に明らかならざるに至る。吾が儕声を呑んで哭する事久し、今茲に、明天子翁が元勲を追懐し贈位の典有り、吾が儕これを聞きて雀躍して曰く、是翁の盛徳を明揚するの秋也と。偶翁に従游の人、其の肖像を輦轂の下に建て、功業を永世に顕照せんことを謀るに会す。吾が儕起ってこれを賛成す。然りと雖も此に喜ぶ所あれば彼に憂うる所あり、華を弄びて根を問わざるは世俗の情也。翁の功業此の挙に由りて、再び世に明らかなるに至ると雖も、然れども世或は直に其の功業を賞して、而して功業の因って成る所以の本を察せざるを是憂う。これを草木に譬うれば、本根必ず繁殖して而して後英華外に発す。夫英華は功業勲烈也、本根は徳也、其の徳盛んにして而して功業これに従う。故に其の本根を棄て徒に其の華を賞せん乎、吾が儕恐らくは翁の奥彩を尽す事を得ざらん事を。是を以て猥りに自ら量らず、嘗て親承する所の遺訓と其の盛徳とを録して、幷せて主旨書と共に同好有志の諸君に啓するは、翁の盛徳大業幷びに世に顕照せん事を欲する也。然りと雖も翁は乃ち一世の泰斗、其の徳声の及ぶ所極めて広し、吾が儕の承聞する所固より大倉の一粟のみ。請う四方同好の君子異聞あらば垂教を吝しむなく、幸いに此の条項を増補して以て此の挙を賛成せられん事を。

遺訓

一　廟堂に立ちて大政を為すは天道を行うものなれば、些とも私を挟みては済まぬもの也。いかにも心を公平に操り、正道を踏み、広く賢人を撰挙し、能く其の職に任うる人を挙げて政柄を執らしむるは即ち天意なり。それゆえ真に賢人と認むる以上は、直ちに我が職を譲る程ならでは叶わぬものぞ。故に何程国家に勲労あるとも其の職に任えぬ人を官職を以て賞するは善からぬことの第一也。官は其の人を撰びてこれを授け、功有る者には俸禄を以て賞し、これを愛しおくものぞと申さるるに付き、然らば尚書仲虺之誥に「徳懋んなるは官を懋んにし、功懋んなるは賞を懋んにする」とこれあり、徳と官と相配し、功と賞と相対するは此の義にて候いしやと請問せしに、翁欣然として、其の通りぞと申されき。

一　賢人百官を総べ政権一途に帰し、一格の国体定制なければ、縦令人材を登用し、言路を開き、衆説を容るるとも、取捨方向なく、事業雑駁にして成功有るべからず。昨日出でし命令の、今日忽ち引き易うるという様なるも、皆統轄する所一ならずして、施政の方針一定せざるの致す所なり。

一　政の大体は、文を興し、武を振い、農を励ますの三つにあり、其の他百般の事務は皆此の三つの物を助くるの具なり。此の三つの物の中に於て、時に従い勢いに依り、施行先後の順序はあれど、此の三つの物を後にして、他を先にするは更に無し。

一　万民の上に位する者、己を慎み、品行を正しくし、驕奢を戒め、節倹を勉め、職事に勤労して、人民の標準となり、下民其の勤労を気の毒に思う様ならでは、政令は行われ難し。然るに草創の始めに立ちながら、家屋を飾り、衣服を文り、美妾を抱え、蓄財を謀りなば、維新の功業は遂げられ間敷也。今となりては戊辰の義戦も、偏に私を営みたる姿になり行き、天下に対し、戦死者に対して面目なきぞとて、頻りに涙を催されける。

一　或る時、「幾歴二辛酸一志始堅、丈夫玉砕愧二甎全一。一家遺事人知否、不下為二児孫一買中美田上。」（幾たびか辛酸を歴て志始めて堅し、丈夫玉砕して甎全を愧ず。一家の遺事人知るや否や、児孫の為に美田を買わず。）との七絶を示されて、若し此の言に違いなば、西郷は言行反したるとて見限られよと、申されける。

一　人材を採用するに、君子小人の弁、酷に過ぐるときは、却って害を引き起こすものなり。其の故は開闢以来、世上一般十に七八は小人なれば、能く小人の情を察し、其の長所をとり、これを小職に用い、其の才芸を尽さしむるなり。東湖先生申されしは、「小人程才芸ありて用便なれば用いざればならぬもの也。さりとて、長官に居え重職を授くれば、必ず邦家を覆すもの故、決して上には立てられぬものぞ」と也。

一　事大小となく、正道を踏み至誠を推し、一事の詐謀を用うべからず。人、多くは事の指し支ゆる時に臨み、作略を用いて一旦其の指し支えを通せば、跡は時宜次第工夫の出来る様に思えども、作略の煩い屹度生じ事必ず破るるものぞ。正道を以てこれを行えば、目前には迂遠なる様なれども、先に行けば成功は早きものなり。

一 広く各国の制度を採り、開明に進まんとならば、先ず我が国の本体を居え、風教を張り、然して後徐かに彼の長所を斟酌するものぞ。否らずして猥りに彼に倣いなば、国体は衰頽し、風教は萎靡して匡救すべからず。終に彼の制を受くるに至らんとす。

一 忠孝仁愛教化の道は、政事の大本にして、万世に亘り、宇宙に弥り、易うべからざるの要道なり。道は天地自然のものなれば、西洋と雖も決して別なし。

一 人智を開発するとは、愛国忠孝の心を開くなり。国に尽し、家に勤むるの道明らかならば、百般の事業は従って進歩すべし。或いは耳目を開発せんとて電信を懸け、鉄道を敷き、蒸気仕掛けの器械を造立し、人の耳目を聳動すれども、何故に電信・鉄道の無くては叶わぬぞ、欠くべからざるものぞという処に目を注がず、猥りに外国の盛大を羨み、利害得失を論ぜず、家屋の構造より玩弄物に至るまで、一々外国を仰ぎ、奢侈の風を長じ、財用を浪費せば国力疲弊し、人心浮薄に流れ、結局日本身代限りの外ある間敷也。

一　文明とは道の普(あまね)く行わるるを賛称せる言にして、宮室の壮厳・衣服の美麗・外観の浮華を言うにはあらず、世人の唱うる所、何が文明やら何が野蛮やら些(ちっ)とも分らぬぞ。予嘗(かつ)て或る人と議論せしことあり。西洋は野蛮じゃと云いしかば、否(い)な文明ぞと争う、否な否な野蛮じゃとたたみかけしに、何とてそれほどに申すにやと推(お)せしゆえ、実に文明ならば未開の国に対しなば慈愛を本とし懇々(こんこん)説諭して開明に導くべきに、左は無くして未開矇昧(もうまい)の国に対するほどむごく残忍の事を致し、己を利するは野蛮じゃと申せしかば、其の人、口をつぼめて言無かりきとて笑われける。

一　西洋の刑法は専ら懲戒を主として、苛酷を戒(いまし)め、人を善良に導くに注意深し。故に囚獄中の罪人をも、如何にも緩やかにして、鑑誡(かんかい)となるべき書籍を与え、事に因(よ)りては親族朋友の面会をも許すと聞けり。尤も聖人の刑を設けられしも、忠孝仁愛の心より鰥寡(かんか)孤独を愍(あわれ)み、人の罪に陥るを恤(うれ)い給いしは深けれども、実地手の届きたる今の西洋の如くありしにや、書籍の上には見え渡らず、実に文明じゃと感ずるなり。

一　租税を薄くして民を裕かにするは、即ち国力を養成するなり。故に国家多端にして財用の足らざるを苦しむとも、租税の定制を確守し、上を損じて下を虐げぬものなり。能く古今の事迹を見よ。道の明らかならざる世にして、財用の不足を苦しむときは、必ず曲智小慧の俗吏を用い、巧みに聚斂して一時の欠乏に給するを、理財に長ぜる良臣となし、手段を以て苛酷に民を虐げる故、人民は苦悩に堪え兼ね、聚斂を逃れんと自然譎詐狡猾に趣き、上下互いに欺き、官民敵讐となり、終に分崩離折に至るにあらずや。

一　会計出納は制度の由って立つ所、百般の事業皆是より生じ、経綸中の枢要なれば、慎まずばならぬ也。其の大体を申さば、入るを量りて出ずるを制するの外、更に他の術数なし。一歳の入るを以て百般の制限を定め、会計を総理するもの、身を以て制を守り、定制を超過せしむべからず。然らずして時勢に制せられ、制限を慢にし、出ずるを見て入るを計りなば、民の膏血を絞るの外あるまじきなり。然らば仮令事業は一旦進歩する如く見ゆるとも、国力疲弊して済救すべからず。

一　常備の兵数も、亦会計の制限に依る、決して無限の虚勢を張るべからず。兵気を鼓舞して精兵を仕立てなば、兵数は寡くとも、折衝禦侮共に事欠くまじき也。

一　節義廉恥を失いて国を維持するの道決してあらず、西洋各国同然なり。上に立つ者、下に臨みて、利を争い義を忘るるときは、下皆これに倣い、人心忽ち財利に趨り、卑吝の情日々に長じ、節義廉恥の志操を失い、父子兄弟の間も銭財を争い、相讐視するに至る也。斯くの如くなり行かば、何を以て国家を維持すべきぞ。徳川氏は将士の猛き心を殺ぎて世を治めしかども、今は昔時戦国の猛士より猶一層猛き心を振い起こさずば、万国対峙は成るまじき也。「普仏の戦い、仏国三十万の兵、三ヶ月の糧食ありて降伏せしは、余り算盤に精しき故なり。」とて笑われき。

一　正道を踏み国を以て斃るるの精神無くば、外国交際は全かるべからず、彼の強大に畏縮し、円滑を主として、曲げて彼の意に従順するときは、軽侮を招き、好親却って破れ、終に彼の制を受くるに至らん。

一　談、国事に及びし時、慨然として申されけるは、国の凌辱せらるるに当りては、縦令国を以て斃るるとも正道を践み、義を尽すは政府の本務なり。然るに平日金穀理財の事を議するを聞けば、如何なる英雄豪傑かと見ゆれども、血の出ずる時に臨めば、頭を一所に集め、唯目前の苟安を謀るのみ、戦の一字を恐れ、政府の本務を墜しなば、商法支配所と申すものにて、更に政府には非ざるなり。

一　古より君臣共に己を足れりとする世に、治功の挙りたるはあらず、自分を足れりとせざるより、下々の言も聴き入るるものなり、己を足れりとすれば、人己の非を云えば忽ち怒るゆえ、賢人君子はこれを助けぬなり。

一　何程制度方法を論ずるとも、其の人に非ざれば行われ難し。人有りて後方法の行わるるものなれば、人は第一の宝にして、己其の人に成るの心懸け肝要なり。

一　道は天地自然の道なるゆえ、講学の道は敬天愛人を目的とし、身を修するに、克己を以て終始せよ。己に克つの極功は、「毋レ意毋レ必毋レ固毋レ我」（意なく、必なく、固なく、我なし）と云えり。総じて人は己に克つを以て成り、自ら愛するを以て敗るるぞ。能く古今の人物を見よ、事業を創起する人、其の事大抵十に七八までは能く為し得れども、残り二つを終りまで成し得る人の稀なるは、始めは能く己を慎み事をも敬する故、功も立ち名も顕わるるなり。功立ち名顕わるるに従い、何時しか自ら愛する心起こり、恐懼戒慎の意弛み、驕矜の気漸く長じ、其の為し得たる事業を負み、苟も我が事を仕遂げんとて、まずき仕事に陥り、終に敗るるものにて、皆自ら招くなり。故に己に克ちて、睹ず聞かざる所に戒慎するものなり。

一　己に克つに、事々物々時に臨みて克つ様にては克ち得られぬなり。予て気象を以て克ち居れよとなり。

一　学に志す者、規模を宏大にせずばあるべからず、去りとて、唯ここにのみ偏倚すれば、或は身を修するに疎になり行く故、終始己に克ちて身を修するなり。規模を宏大にして己に克ち、男子は人を容れ、人に容れられては済まぬものと思えよと、古語を書いて授けらる。

恢二宏其志気一者、人之患莫レ大レ乎下自私自吝、安二卑俗一而不中以二古人一自期上。

（其の志気を恢宏せんとする者、人の患いは自ら私し自ら吝にして、卑俗に安んじ、而して古人を以て自ら期せざるより大なるはなし。）

古人を期するの意を請問せしに、堯舜を以て手本とし、孔夫子を教師とせよとぞ。

一　道は天地自然のものにして、人はこれを行うものなれば、天を敬するを目的とす。天は人も我も同一に愛し給う故、我を愛する心を以て人を愛するなり。

一　人を相手にせず、天を相手にせよ。天を相手にして己を尽し人を咎めず、我が誠の足らざるを尋ぬべし。

一　己を愛するは善からぬ事の第一なり。修業の出来ぬも、事の成らぬも、過を改むる事の出来ぬも、功に伐り驕慢の生ずるも、皆自ら愛するが為なれば、決して己を愛せぬものなり。

一　過ちを改むるに、自ら過ったとさえ思いつかば、夫にてよし、其の事をば棄てて顧みず、直ちに一歩踏み出すべし。過ちを悔しく思い、取り繕わんとて心配するは、譬えば茶碗を割り、其の欠けを集め合わせ見るも同じにて、詮もなきことなり。

一　道を行うには尊卑貴賤の差別なし。摘んで言えば、堯舜は天下に王として万機の政事を執り給えども、其の職とする所は教師なり。孔夫子は魯国を始め、何方へも用いられず、屢々困厄に逢い、匹夫にて世を終え給いしかども、三千の徒皆道を行いしなり。

一　道を行うものは、固より困厄に逢うものなれば、如何なる艱難の地に立つとも、事の成否身の死生などに、少しも関係せぬものなり。事には上手下手あり、物には出来る人・出来ざる人あるより、自然心を動かす人もあれども、人は道を行うものゆえ、道を踏むには上手下手もなく、出来ざる人もなし。故に只管、道を行い道を楽しみ、若し艱難に逢うてこれを凌（しの）がんとならば、弥々（いよいよ）道を行い道を楽しむべし。予壮年より艱難という艱難にかかりし故、今はどんな事に出会うとも動揺は致すまじ。夫（それ）だけは仕合わせなり。

一　命もいらず、名もいらず官位も金もいらぬ人は始末に困るものなり。此の始末に困る人ならでは、艱難を共にして国家の大業は成し得られぬなり。されども斯様（かよう）の人は、凡俗の眼には見得られぬぞと申さるるに付き、孟子に、「天下の広居に居り、天下の正位に立ち、天下の大道を行う。志を得れば民とこれに由り、志を得ざれば独り其の道を行う、富貴も淫（いん）すること能わず、貧賤も移すこと能わず、威武も屈すること能わず」と云いしは、今仰せられし如きの人物にやと問いしかば、いかにも其の通り、道に立ちたる人ならでは彼の気象は出ぬなり。

一　道を行うものは、天下挙（こぞ）ってこれを毀（そし）るも足らざるとせず、天下挙って誉（ほ）むるも足れりとせざるは、自ら信ずるの厚きが故なり。其の工夫は韓文公が伯夷頌（はくいしょう）を熟読して会得せよ。

一　道に志す者は、偉業を貴ばぬものなり。司馬温公（しばおんこう）は閨中（けいちゅう）にて語りし言も、人に対して言うべからざることなしと申されたり。独を慎むの学推して知るべし。人の意表に出て一時の快適を好むは、未熟の事なり、戒むべし。

一　平日、道を践まざる人は事に臨みて狼狽し、処分の出来ぬものなり、譬えば近隣に出火あらんに、平生処分あるものは動揺せずして、取り始末も能く出来るなり。平日処分なきものは、唯狼狽して中々取り始末どころにはこれ無きぞ。それも同じにて、平生道を践み居るものに非ざれば、事に臨みて策は出来ぬものなり。予、先年出陣の日、兵士に向かい、我が備えの整不整を、唯、味方の目を以て見ず、敵の心になりて一つ衝いて見よ、それは第一の備えぞと申せしとぞ。

一　作略は平日致さぬものぞ。作略を以てやりたる事は其の迹を見れば、善からざること判然にして、必ず失体これ有るなり。唯、戦に臨みて作略なくばあるべからず。併し、平日作略を用うれば戦に臨みて、作略は出来ぬものぞ。孔明は平日作略を致さぬ故、あの通り奇計を行われたるぞ。予嘗て東京を引きし時、弟に向かい、是まで少しも作略をやりたること有らぬ故、跡は聊か濁るまじ、それ丈は見れと申せしとぞ。

一　人を籠絡して陰に事を謀る者は、奸し其の事を成し得るとも、慧眼よりこれを見れば醜状著しきぞ。人に推すに公平至誠を以てせよ。公平ならざれば、英雄の心は決して攬られぬものなり。

一　聖賢に成らんと欲する志無く、古人の事迹を見て、迚も企て及ばぬという様なる心ならば、戦に臨みて逃ぐるよりも猶卑怯なり。朱子も白刃を見て逃ぐるものはどうもならぬと言われたり。誠意を以て聖賢の書を読み、其の処分せられたる心を身に体し、心に験する修行致さず、唯か様の言、か様の事というのみを知りたるとも、何の詮なきものなり。予、今日人の論を聞くに何程尤もに論ずるとも、処分に心行き渡らず、唯、口舌の上のみならば少しも感ずる心これなし。真に其の処分ある人を見れば、実に感じ入るなり。聖賢の書を空しく読むのみならば、譬えば、人の剣術を傍観するも同じにて、少しも自分に得心出来ず、自分に得心出来ずば、万一立ち合えと申されし時、逃ぐるより外あるまじきなり。

一　天下後世までも信仰悦服せらるるものは、只是一箇の真誠なり。古より父の仇を討ちし人、其の数挙げてかぞえ難き中に、独り曾我の兄弟のみ、今に至りて児童婦女子までも知らざる者のあらざるは、衆に秀でて誠の篤き故なり。誠ならずして世に誉めらるるは、僥倖の誉れなり。誠篤ければ、縦令当時知る人無くとも、後世必ず知己あるもの也。

一　世人の唱うる機会とは、多くは僥倖の仕当てたるを言う。真の機会は、理を尽くして行い、勢を審らかにして動くと云うにあり。平日国・天下を憂うる誠心厚からずして、唯時のはずみに乗じて成し得たる事業は、決して永続きせぬものぞ。

一　今の人、才識あれば、事業は心次第に成さるるものと思えども、才に任せて為す事は、危くして見て居られぬものぞ。体有りてこそ用は行わるるものなり。肥後の長岡先生の如き君子は、今は似たる人をも見ることならぬ様になりたるとて、嘆息なされ、古語を書いて授けらる。

夫天下非レ誠不レ動、非レ才不レ治。誠之至者其動也速、才之周者其治也広。才与レ誠合然後事可レ成。

（夫天下は誠にあらざれば動かず、才にあらざれば治まらず。誠の至れるものは其の動くや速やかに、才の周きものは其の治まるや広し。才と誠と合して然る後に事成るべし。）

一　翁に従って犬を駆り兎を追い、山谷を跋渉して終日猟暮し、一田家に投宿し、浴終りて心神いと爽快に見えさせ給い、悠然として申されけるは、「君子の心は、常に斯くの如くにこそ有らんと思うなり」と。

一　身を修し己を正して、君子の体を具うるとも、処分の出来ぬ人ならば、木偶人も同然なり。譬えば、数十人の客不意に入り来たらんに、仮令何ほど饗応したくと思うとも、予て器具調度の備え無ければ、唯心配するのみにして、取り賄うべき様あるまじきぞ。常に備えあれば、幾人なりとも、其の数に応じて賄わるるなり。夫故、平日の用意は肝腎ぞとて、古語を書きて賜わりき。
文非二鉛槧一也、必有二処レ事之才一。武非二剣楯一也、必有二料レ敵之智一。才智之所レ在一焉而已。
（文は鉛槧にあらざる也、必ず事に処するの才有り。武は剣楯にあらざるなり、必ず敵を料るの智有り。才智の在る所一のみ。）

追　加

一　事に当たり思慮の乏しきを憂うること勿れ。凡そ思慮は平生黙坐静思の際に於いてすべし。有事の時に至り、十に八九は履行せらるるものなり。事に当たり卒爾に思慮することは、譬えば臥床夢寐の中、奇策妙案を得るが如きも、翌朝起床の時に至れば、無用の妄想に類すること多し。

一　漢学を成せるものは、弥々漢籍に就いて道を学ぶべし。道は天地自然のもの、東西の別なし。苟も当時万国対峙の形勢を知らんと欲せば、春秋左氏伝を熟読し、助くるに孫子を以てすべし。当時の形勢と略大差なかるべし。

南洲遺訓原書跋文

右数十章、翁が口授せられしを、吾が儕に書して朝夕服膺する所のもの也。然り而して、口に矢ぶると筆に渉ると間あり。唯憾む、吾が儕操觚の拙き、能く翁の辞気神思を摸写して、見る人をして凛然として、旦暮其の人に親炙するが如きの感を生ぜしむるに足らざらんことを。且つ翁は天下の大鐘、叩く者の大小に従い其の声も亦大小あれば、其の奥蘊に至りては、吾が儕固より測知する能わずと雖も、然れども尚、或は此の遺訓を挙げて其の功業と並び照らさば、棟梁の材・王佐の徳、知行合一の君子なるを知るに足らん乎。吾が儕幸いに屢屢翁の函丈に侍するを以て、請う嘗て蠡測する所の盛徳を状せん。

噫乎、天資英邁の質を駆りて、深く堯舜の道に入り、固く克己の学を執りて、篤く上天の命を敬す。寛能く衆を容れ、仁能く人を愛し、王を勤めて能く忠、人に与して能く信、事に臨みて能く敬、変に処して能く義、思慮淵深にして規模宏遠、明らかに万国の要領を知り、審らかに彼我の長短を弁じ、幕府の奢侈文弱を革め、武を振るいて文明を敷かんと欲す。事を措し、業を創する必ず敬して天意を迎え、務めて大体を立て、其の本源を凡庸の測知する能わざるの前に定む。難きを先にし獲ることを後にし、必ず数世の後を規して而してこれを処す。処するに臨みて事の難易を問わず、身の患害を顧みず、造次必ず道に於いてし、顚沛必ず義に於いてす。これを望めば恂々として技能無きの人の如く、大節に臨み疑事を決するに当たりて、一たび言を出せば神明英発、正大の気蕩々として江河を決するが如く、能くこれを禦むることなし。居処恭倹にして深く驕奢を戒む。身、上将の尊に処り、群臣の上に立つも、宅舎陋隘、衣服菲薄、閨に妾媵の褻れ無く、室に糸竹の娯しみ無し。官給の余す所、尽くこれを親戚朋友の急に周す。王事鞅掌の中、常に綽々として余裕あり。道に志すの士、教えを請う者有れば、循々としてこれを誘し、倦怠の色なし。其の閑話清談の時に在りては温容曖々、膝を枕して眠るべく、道義を論じ、及び、国事を議するの談に至りては峻貌岳峙、辞気厳厲、人をして凜然として心形倶に粛し、精神頓に発せしむ。仰ぎて天に愧じず、伏して人に怍じず、夫此の如し、故に其の冠を掛け故山に帰るや、三州の士民、老者はこれを安んじ、朋友はこれを信じ、少者はこれに懐く、海内の士、皆領を延きて南望し、其の風采を想慕す。実に人倫の表正にして五百歳の名世也。古人謂える有り、云く「其人存すれば其の政挙がり、其の人亡すれば其の政息す、」又云く「必ず非常の人有りて而して後非常の功有り」と。嗚呼数百歳の覇業を変じて能く回天の業を成す者、一に翁の盛徳彼が如きに倚る也。而して今已に既に没す。詩に云く「老成人無しと雖も、尚典型有り」と。故に吾が儕翁の肖像を建立するに当たりて、其の遺訓と盛徳とを録して、これを公にす。庶幾くは天下同感の人と篤く此の遺訓を諷味し深く其の懿徳を追想し、敬天の恭に拠り、愛人の仁に依り、尊王の忠を尽し、顕親の孝を期し、躬の故に非ざるの勇を振るい、能く容るるの寛を養い、偏無く党なく、皇極を翼賛し、万国凌駕の道を立て、以て国光を海外に観せば、翁に於いて夫光有らんことを。

漢詩

苦雨

依稀梅子雨
連日洒二庭蕪一
水溢没二渓渡一
岸崩断二険途一
糧空如二餓鼠一
犬吠似二狂夫一
寂莫柴門裡

（苦雨(くう)）

依稀(いき)たり梅子の雨、
連日庭蕪(ていぶ)に洒(そそ)ぐ。
水溢れて渓渡(けいと)を没し、
岸崩れて険途を断つ。
糧空しくして餓鼠(がそ)の如く、
犬吠えて狂夫に似たり。
寂莫(せきばく)たり柴門(さいもん)の裡(うち)、

微微寄㆓此軀㆒

微微此の軀(み)を寄す。

示㆓外甥政直㆒

(外甥(がいせい)政直に示す)

一貫唯唯諾
従来鉄石肝
貧居生㆓傑士㆒
勲業顕㆓多難㆒
耐㆑雪梅花麗
経㆑霜楓葉丹
如能識㆓天意㆒
豈敢自謀㆑安

一貫す唯唯(いい)の諾、
従来鉄石の肝(かん)。
貧居傑士を生じ、
勲業多難に顕(あら)わる。
雪に耐えて梅花麗(うるわ)しく、
霜を経て楓葉(ふうよう)丹(あか)し。
如(も)し能(よ)く天意を識(し)らば、
豈(あに)敢(あえ)て自(みずか)ら安きを謀らんや。

西郷の妹琴は市来正之丞に嫁したが、その子宗介に与えた教訓の詩である。

高雄山

一日貪レ閑軍務中
挙レ鞭奔レ馬到二高雄一
赤心難レ競丹楓樹
霜気侵レ肌圧レ髻紅

（高雄山）

一日閑を貪る軍務の中、
鞭を挙げ馬を奔せて高雄に到る。
赤心競い難し丹楓の樹、
霜気肌を侵し髻を圧して紅なり。

京都での作である。元治元年の晩秋とか慶応二年とかいうが、明確ではない。軍務の中という句から、元治元年第一次長州征伐の頃とも考えられる。

送三寺田望南拝二伊勢神宮一

一舎同眠兄弟情
何図匆卒去孤征
吟筇避レ暑侵レ朝発
涼気如レ秋入レ夜行

（寺田望南の伊勢神宮を拝するを送る）

一舎同眠兄弟の情、
何ぞ図らん匆卒去って孤征かんとは。
吟筇暑を避けて朝を侵して発し、
涼気秋の如く夜に入って行く。

内外神宮瞻二徳至一
中興帝業禱二功成一
他郷送レ客無窮恨
強挙二金杯一唱二渭城一

内外（ないげ）の神宮徳の至るを瞻（み）、
中興の帝業功の成るを禱（いの）る。
他郷客を送る無窮の恨（うらみ）、
強（し）いて金杯を挙げて渭城（いじょう）を唱す。

この詩は慶応三年七月京都において、寺田望南が、伊牟田尚平と共に伊勢神宮参拝に出かけた時のものである。寺田は時に二十歳、秀才であったが明治時代ドイツ留学、のち方向を転じ諸子百家の事に通じた。

客舎聞レ雨
一陣狂風雷雨声
甲兵来撃似二相驚一
愁城暗築天涯客
客魂倏摧分外清

（客舎雨を聞く）
一陣の狂風雷雨の声、
甲兵来り撃って相驚かすに似たり。
愁城暗に築く天涯の客、
客魂（きゃくこん）倏（たちま）ち摧（くだ）けて分外に清し。

詠㆓恩地左近㆒

一戦貪㆑生非㆑懼㆑死
名分大義莫㆓間然㆒
幾回挫㆑計寒㆓奸胆㆒
成敗不㆑論高節堅

（恩地左近を詠ず）

一戦生を貪(むさぼ)り死を懼(おそ)るるに非(あら)ず、
名分大義間然する莫(な)し。
幾回か計(はかりごと)を挫いて奸胆を寒からしむ、
成敗論ぜず高節堅し。

恩地左近は楠木正成の遺臣。正成の命で正行を河内の故郷につれ帰ったために、湊川の一戦に参加できなかった。

謫居偶成

一片浮雲蔽㆓此身㆒
獄中存在性情真
請看追㆓小宮山迹㆒
血刀鋒光自驚㆑倫

（謫居(たっきょ)偶成）

一片の浮雲(ふうん)此の身を蔽(おお)うも、
獄中存在す性情の真。
請う看(み)よ小宮山の迹(あと)を追い、
血刀鋒光自ら倫(ひと)を驚かさんを。

この詩は、文久三年イギリス艦隊鹿児島襲来の報知が沖永良部島に達した時、流罪の身でありながら、島を脱出して藩の危急に報じようとした時の作である。別に「土持政照に贈る」という詩もある。

桜井駅図賛

慇懃遺訓涙盈㆑顔
千載芳名在㆓此間㆒
花謝花開桜井駅
幽香猶逗旧南山

（桜井駅図の賛）

慇懃（いんぎん）の遺訓涙顔に盈（み）つ、
千載の芳名此の間に在り。
花謝し花開く桜井の駅、
幽香猶（なお）逗（とど）む旧南山。

菊池容斎画伯の桜井駅楠公父子訣別の図に題したもので、賛の後に「南洲敬題」と書いている。

児島高徳

吁嗟雖㆑莫㆓范蠡功㆒

（児島高徳）

吁嗟（ああ）范蠡（はんれい）の功莫（な）しと雖も、

先レ命投レ機志気雄　　命に先んじて機に投ずる志気雄なり。
十字血痕花色在　　十字の血痕花色在り、
龍顔一笑認二孤忠一　　龍顔一笑孤忠を認む。

中国越王勾践が、呉王夫差に会稽山で敗れたが、大夫范蠡が忠誠を尽し呉王夫差を破って自殺させ、会稽の恥をそそいだ故事にならい、南北朝時代児島高徳が後醍醐天皇の危難を救おうとした忠勤を詠じたもの。後醍醐天皇が隠岐に流されると聞いて、児島高徳は舟坂山で天皇を奪おうとしたが、道筋が予想と違って目的を果せず、美作国津山在の行在所にしのび入って、庭の桜樹に「天勾践を空しうする莫し、時に范蠡無きにしも非ず」と書き志を述べた。高徳は度々兵を動かしながら力及ばず、目立った功をたて得なかったことから起句が生まれた。

偶成　　（偶成）

宇宙由来日赴レ新　　宇宙由来日に新に赴き、
数千里外已如レ隣　　数千里外已に隣の如し。

願㆑知㆓四海同胞意㆒
皇道頻敷万国民

四海同胞の意を知らんと願わば、
皇道頻(しき)りに敷く万国の民。

偶成

雨帯㆓斜風㆒叩㆓敗紗㆒
子規啼㆑血訴㆑冤譁
今宵吟誦離騒賦
南竄愁懐百倍加

（偶成）

雨は斜風を帯びて敗紗(はいしゃ)を叩き、
子規血に啼(な)き冤(えん)を訴えて譁(かまびす)し。
今宵吟誦す離騒の賦、
南竄(なんざん)の愁懐百倍加わる。

離騒の賦は屈原の作。屈原は楚の懐王に仕えて信任も厚かったのに、讒言に逢って江南に流された。楚が秦に滅ぼされた時、離騒（憂にかかる）の賦を作り、忠誠の意を述べて淵に身を投じて死んだ。南島流罪中の西郷がその賦を吟誦して愁いをつのらせている詩である。

送㆘藩兵為㆓天子親兵㆒赴㆗闕下㆖

（藩兵の天子の親兵と為って闕下（けつか）に赴くを送る）

王家衰弱使㆓人驚㆒
憂憤捐㆑身千百兵
忠義凝成腸鉄石
為㆑楹為㆑礎築㆓堅城㆒

王家の衰弱人をして驚かしめ、
憂憤身を捐（す）つ千百の兵。
忠義凝って成る腸鉄石、
楹（えい）と為（な）り礎と為って堅城を築く。

明治四年三月鹿児島藩の歩兵四大隊・砲兵四隊が親兵となって東京に行く時、将士を励ました詩である。この年七月、この親兵の威力を背景に廃藩置県が断行された。

夏雨驟冷

（夏雨驟（にわ）かに冷かなり）

火龍人逼苦㆓炎威㆒
白汗満㆑身蕉扇揮
豈料轟来雷雨急

火龍人に逼（せま）りて炎威に苦しみ、
白汗身に満ちて蕉扇（しょうせん）揮（ふる）う。
豈（あに）料（はか）らむや轟き来る雷雨急に、

電光声裡著二綿衣一

同じ題の詩が他に二首ある。

避暑

苛雲囲レ屋汗沾レ衣
白鳥饑来吮レ血肥
逃レ暑移レ床臨二澗水一
曳レ筇揺レ扇歩二苔磯一
斉鳴蛙鼓田疇沸
乱点蛍灯草露輝
幽味最甘松樹下
爽風閑月度二崔嵬一

電光声裡(せいり)綿衣を著(つ)けんとは。

（避暑）

苛雲屋を囲んで汗衣を沾(うるお)し、
白鳥饑(う)えて来りて血を吮(す)うて肥ゆ。
暑を逃れ床を移して澗水(かんすい)に臨み、
筇(つえ)を曳き扇を揺(うご)かして苔磯(たいき)に歩す。
斉鳴の蛙鼓(あこ)田疇(でんちゅう)に沸き、
乱点の蛍灯草露に輝く。
幽味最も甘し松樹の下、
爽風閑月崔嵬(さいかい)を度(わた)る。

偶成

苛雲蒸㆓洛地㆒
酷吏益威加
夕殿憂㆓蚊蚋㆒
炎郊苦㆓蝮蛇㆒
鋭刀頻按㆑欄
壮士直忘㆑家
天定人離日
西風忽掃㆑邪

（偶　成）

苛雲洛地に蒸し、
酷吏益(ますます)威加わる。
夕殿蚊蚋(ぶんぜい)を憂え、
炎郊蝮蛇(ふくだ)に苦しむ。
鋭刀頻(しき)りに欄(は)を按ずれば、
壮士直ちに家を忘る。
天定まり人離るる日、
西風忽(たちま)ち邪を掃(はら)わん。

大成本は或る写本に「謫居書感」とあるところから、文久三年沖永良部での作であろうとする。同年五、六月頃鹿児島の友人から天下の形勢を知らせて来た書信に感じての作というのである。ただ或いはその後京都での作かと疑うが、大木本は慶応三年夏京都での作とする。そしてその内容について、第一・第二句は天下の形勢、朝幕の葛藤がいよいよむつかしくなったことを述べ、第三句は幕府の難題が朝廷を悩ました事。第四句は幕府が勤王党を捕え首斬る暴虐を指し、第五・第六句は、勤王党の義憤を示し、第七・第八句は、人心が幕府を離れ、薩長の兵が西の方から攻め上って幕府を覆(くつがえ)す日の近きにあろう事を述べたのであると解説している。

冬日早行

家鶏頻叫催二羇旅一
出レ戸寒肌覚二粟生一
欲レ雪暁天還欲レ雨
停レ筇街上幾回驚

（冬日早行）
家鶏頻(しき)りに叫んで羇旅(きりょ)を催し、
戸を出(いず)れば寒肌(かんき)粟の生ずるを覚ゆ。
雪ふらんと欲する暁天還(また)雨ふらんと欲し、
筇(きょう)を停(とど)めて街上幾回か驚く。

失　題

禍福如何心転倒
平生把レ道謁二朱門一

（失　題）
禍福如何(いかん)ぞ心転倒せんや、
平生道を把(と)って朱門に謁す。

幾回抛レ死臨二兵事一
忠恕金言不レ食レ言

幾回か死を抛(なげう)って兵事に臨む、
忠恕(ちゅうじょ)の金言、言を食(は)まず。

偶成

我家松籟洗二塵縁一
満耳清風身欲レ仙
謬作二京華名利客一
斯声不レ聞已三年

（偶　成）

我が家の松籟(しょうらい)塵縁(じんえん)を洗い、
満耳(まんじ)の清風身(み)仙ならんと欲す。
謬(あやま)って京華名利の客と作(な)り、
斯(こ)の声聞かざること已(すで)に三年

明治六年十一月鹿児島に帰り着いた時の詩である。

失題

我有二千糸髪一
毿毿黒二於漆一

（失　題）

我に千糸の髪有り、
毿(さん)毿(さん)として漆よりも黒し。

我有㆓一片心㆒
皓皓白㆓於雪㆒
我髪猶可㆑断
我心不㆑可㆑截

我に一片の心有り、
皓皓(こうこう)として雪よりも白し。
我が髪猶(なお)断つべし、
我が心截(た)つべからず。

逸題

海水洋洋万里流
晩来無事為㆓吟魂㆒
琉球邦域連㆓雲際㆒
三十余洲一様秋

(逸題)

海水洋洋万里流れ、
晩来無事吟魂(ぎんこん)を為(な)す。
琉球の邦域雲際に連り、
三十余洲一様の秋。

沖永良部島での作であろうか。

温泉偶作

解レ官悠然慰二此躬一
追二随造化一忘二窮通一
応レ知浴後無辺境
一瓶梅花一興中

（温泉偶作）

官を解いて悠然此の躬を慰む、
造化に追随して窮通を忘る。
応に知るべし浴後無辺の境、
一瓶の梅花一興の中。

大木本は結句を「穏臥瓶梅花影中」（穏臥す瓶梅花影の中）としている。

示二子弟一

学レ文無レ主等二痴人一
認二得天心一志気振
百派紛紜乱如レ線
千秋不レ動一声仁

（子弟に示す）

文を学んで主無ければ痴人に等しく、
天心を認得すれば志気振う。
百派紛紜乱れて線の如くなれども、
千秋動かず一声の仁。

西郷は晩年「敬天愛人」の語を好んだが、その愛人は仁である。西郷は仁こそ学問の本旨であるとした。

偶成

官途艱険幾年労
恰似軽舟風怒号
昨日非於㆓鋤下㆒覚
半生齢可㆓巻中逃㆒
山遊無㆑累真狸兎
猟隠有㆑営唯銃獒
誰識満襟清賞足
峰頭閑月万尋高

（偶成）

官途艱険幾年か労す、
恰も似たり軽舟風の怒号するに。
昨日の非は鋤下に於て覚り、
半生の齢は巻中に逃る可し。
山遊累なし真に狸兎、
猟隠営み有り唯銃獒。
誰か識らん満襟清賞足り、
峰頭の閑月万尋高きを。

西郷が参議を辞して帰郷してからの作で、下野後の境遇と感想を詠じたもの。明治七、八年の作であろうか。

温泉即景

官途逃去遠捜レ奇
神嶺幽情筆硯随
誰識浴余行楽処
青山高豁宿雲披

（温泉即景）
官途逃れ去って遠く奇を捜り、
神嶺の幽情筆硯随う。
誰か識らん浴余行楽の処、
青山高豁宿雲披くを。

白鳥温泉での作と伝えられている。明治七年八月西郷は白鳥温泉に行った。

月下寒梅

寒梅照レ席一枝斜
人静更深香益加
最愛今宵塵外賞
幽窓疎影月中花

（月下寒梅）
寒梅席を照して一枝斜なり、
人静かに更深くして香益加わる。
最も愛す今宵塵外の賞、
幽窓の疎影月中の花。

失題

雁過二南窓一晩
魂銷蟋蟀吟
在レ獄知二天意一
居レ官失二道心一
秋声随レ雨到
鬢影与レ霜侵
独会二平生事一
蕭然酒数斟

題二楠公図一

奇策明籌不レ可レ謨
正勤二王事一是真儒

（失題）

雁南窓を過ぐる晩、
魂は銷す蟋蟀の吟。
獄に在りて天意を知り、
官に居て道心を失う。
秋声雨に随って到り、
鬢影霜と与に侵す。
独り平生の事を会し、
蕭然として酒数斟む。

（楠公の図に題す）

奇策明籌謨る可からず、
正に王事に勤むる是真儒。

懐君一死七生語
抱二此忠魂一今在無

懐う君が一死七生の語、
此の忠魂を抱くもの今在りや無しや。

楠木正成が湊川で弟正季とさしちがえて死ぬ時、願わくば七度生れかわって賊を滅ぼそうといった忠誠心に感じ、今日この忠魂を抱くものがあるかどうかという感懐を詠じたものである。江戸中期の儒者室鳩巣が、その著『駿台雑話』の中で「湊川で自殺する時、弟正季と最後の一念を語る事ははなはだ陋し」と正成をくさしているので、西郷は鳩巣を腐儒といやしめ、正成こそ真儒なりとの見解を述べたのである。

失題

期約何為違二寸心一
岐途千万不レ容レ尋
携来猟犬三秋思
明日欲レ攀雲外岑

（失　題）

期約何為れぞ寸心に違う、
岐途千万尋ぬ容からず。
携え来る猟犬三秋の思い、
明日攀じんと欲す雲外の岑。

感懐

幾歴二辛酸一志始堅
丈夫玉砕愧二甎全一
我家遺事人知否
不下為二児孫一買中美田上

（感懐）

幾たびか辛酸を歴て志始めて堅し、
丈夫玉砕し甎全を愧ず。
我が家の遺事人知るや否や、
児孫の為に美田を買わず。

西郷詩中最も有名なものである。いろいろな苦難に打ち勝って真の人間形成のできること、真の男子たるものいたずらに生を全うするのをよしとせず、いざという時には玉と砕け散るべきだということを説き、苦難こそ人間形成の場とする立場から、子孫安穏なれと美田を買うことはせぬとの意を述べたものである。ある時、旧庄内藩士にこの詩を示し、「若し此の言に違いなば、西郷は言行反したるとて見限られよ」といったことが遺訓五に見える。

寄二村舎寓居諸君子一（村舎寓居の諸君子に寄す）

躬耕将レ暁初
何用レ釣二虚誉一

躬耕は暁を将て初む、
何ぞ虚誉を釣るを用いん。

壟上練㆓筋骨㆒　　壟上（ろうじょう）筋骨を練り、
灯前照㆓読書㆒　　灯前読書を照らす。
昔時常運㆑甓　　昔時（せきじ）常に甓（かわら）を運び、
今日好揮㆑鋤　　今日好んで鋤（すき）を揮（ふる）う。
更要㆑知㆓真意㆒　　更に真意を知るを要す、
只応㆑非㆑種㆑蔬　　只応（まさ）に蔬（そ）を種（う）うるのみに非（あら）ざるべし。

明治九年帖佐（姶良郡）の有志に示したものというが、元来明治八年四月、吉野に創立した開墾社同人に示すために作ったものと思われる。

祝㆓某氏之長寿㆒　　（某氏の長寿を祝す）

窮通自忘却　　窮通自（おのずか）ら忘却し、
百事滌㆓塵迷㆒　　百事塵迷（じんめい）を滌（あら）う。
走㆑筆龍蛇躍　　筆を走らすれば龍蛇（りゅうだ）躍り、

延レ齢亀鶴斉
芳筵傾二玉盞一
鄰里引二枯藜一
請看青雲外
神僊寿域躋

齢(よわい)を延(の)ぶること亀鶴(きかく)に斉(ひと)し。
芳筵(ほうえん)玉盞(ぎょくさん)を傾け、
鄰里(りんり)枯藜(これい)を引く。
請う看(み)よ青雲の外、
神僊(しんせん)の寿域に躋(のぼ)るを。

失題

去二来朝野一似レ貪レ名
竄謫余生不レ欲レ栄
小量応レ為二荘子笑一
犠牛繋レ杙待二晨烹一

（失題）
朝野に去来するは名を貪るに似たり、
竄謫(ざんたく)の余生栄を欲せず。
小量応(まさ)に荘子の笑と為(な)るべし、
犠牛(ぎぎゅう)杙(よく)に繋がれて晨烹(しんぼう)を待つ。

大木本は西郷が明治四年朝命に応じて上京する際、感想を詠じて木場伝内（清生）に送ったものとする。荘子は名を周といい、楚の威王がその賢明なことを聞き、使者をやって大臣に召し出そうとした時、荘子は大臣は尊い位だが、あの祭の犠牛をみよ。数年美食を与えられて養育されるはよいが、いったん宮廷に入れられたが最後煮殺されてしまう。自由を王様に束縛されるのはいやだといって仕官を断った。この荘子の故事を引いたもの。

孔雀

金尾花冠一緑衣
産二来南越一遠高飛
従下為二天覧一放中樊籠上
画二出銀屏一羽亦揮

山行

駆レ犬衝レ雲独自攀
豪然長嘯断峰間

（孔雀）

金尾花冠一緑衣、
南越に産し来りて遠く高飛す。
天覧の為に樊籠（はんろう）を放たれてより、
銀屏（ぎんぺい）に画き出されて羽も亦揮（ふる）う。

（山行）

犬を駆り雲を衝いて独り自ら攀（よ）じ、
豪然長嘯（ちょうしょう）す断峰の間。

請看世上人心険　　請う看（み）よ世上人心の険、
渉歴艱レ於二山路艱一　　渉歴山路の艱（かん）よりも艱なり。

明治二、三年の作かという。勝海舟は西郷のこの詩の書幅に、「庚午晩秋、先生余が草堂を訪い談笑揮毫歓甚し、当時の事を回想すれば更に一夢の如し」と記している。庚午即ち明治三年には西郷は上京したことがないので、辛未（明治四年）の誤りと思われるが、この詩はその前鹿児島で作ったものということになる。

田猟　　（田猟）

駆レ兎穿レ林忘二苦辛一　　兎を駆り林を穿ちて苦辛を忘れ、
平生分レ食犬能馴　　平生食を分ちて犬能（よ）く馴る。
昔時田猟有二三義一　　昔時（せきじ）田猟に三義有り、
勿レ道荒耽第一人　　道（い）う勿（なか）れ荒耽（こうたん）第一の人と。

憶㆔弟信吾在㆓仏国㆒

兄弟東西千里違
今宵斎戒客星祈
欲㆑離㆓姑息㆒却姑息
不㆑願㆓多能㆒願㆓早帰㆒

偶作

渓水鮮澄避㆓世譁㆒
窓前窓後不㆑看㆑家
連山翠色偏宜㆑夏
密樹清陰却勝㆑花
閑暇幽居最相適
名魂利魄又何加

（弟信吾の仏国に在るを憶う）

兄弟(けいてい)東西千里違(たが)い、
今宵(こんしょう)斎戒して客星に祈る。
姑息を離れんと欲するは却(かえ)って姑息、
多能を願わず早帰を願う。

（偶作）

渓水鮮澄世譁(せいか)を避け、
窓前窓後家を看(み)ず。
連山の翠色偏(ひとえ)に夏に宜しく、
密樹清陰却(かえ)って花に勝(まさ)る。
閑暇幽居最も相適す、
名魂利魄又何ぞ加わらん。

斯般游味無㆓人識㆒
旦暮涼風分外嘉

斯般(しはん)の游味人の識(し)る無く、
旦暮(たんぼ)涼風分外に嘉(よ)し。

この詩は明治六年の夏渋谷の弟従道の別荘に居た時の作であろう。

偶成

携㆑犬捜㆑山百事忘
樹陰深処駐㆓鞋芒㆒
枕頭何料五更雨
遮㆓断遊畋㆒又断㆑腸

（偶成）

犬を携え山を捜(さぐ)りて百事忘る、
樹陰深き処鞋芒(あいぼう)を駐(とど)む。
枕頭何ぞ料(はか)らん五更の雨、
遊畋(ゆうでん)を遮断し又腸(はらわた)を断つ。

偶成

厳寒勉学坐㆓深宵㆒
冷面饑腸灯数挑

（偶成）

厳寒勉学深宵(しんしょう)に坐し、
冷面饑腸(きちょう)灯数(しばしば)挑(かか)ぐ。

私意看来炉上雪
胸中三省愧レ人饒

失題

孤鳩林外喚レ朋声
聴取斯心不レ語明
疾馬難レ留回レ首望
一鞭千里似レ毛軽

田家遇レ雨

孤村夕秣動二羈情一
回二顧炉辺一寒意生
黯淡愁雲掠レ山去

私意看来れば炉上の雪、
胸中三省して人に愧ずること饒し。

（失題）

孤鳩林外に朋を喚ぶ声、
聴取すれば斯の心語らずして明かなり。
疾馬留め難く首を回らして望めば、
一鞭千里毛に似て軽し。

（田家雨に遇う）

孤村の夕秣羈情を動かし、
炉辺を回顧すれば寒意生ず。
黯淡たる愁雲山を掠めて去り、

雨声声裏馬嘶声

雨声声裏馬嘶（いなな）くの声。

寄㆔弟隆武留㆓学京師㆒

（弟隆武の京師に留学するに寄す）

孤遊何必用㆓咨嗟㆒
勉学須㆑追前路賒
一別片言能体認
幾人拭㆑目待㆓帰家㆒

孤遊何ぞ必ずしも咨嗟（しさ）を用いん、
勉学須（すべから）く追うべし前路の賒（はる）かなるを。
一別の片言能（よ）く体認せよ、
幾人か目を拭うて帰家を待つ。

西郷の末弟小兵衛隆武が、伊地知好成や吉田清一らと共に、明治二年京都の儒者春日潜庵の門に遊学する際の送別の詩である。

逸題

（逸題）

吾年垂㆓四十㆒
南嶼釘門中

吾年四十に垂（なんな）んとす、
南嶼（なんしょ）釘門（ていもん）の中（うち）。

夜坐厳寒苦
星回歳律窮
青松埋暴雪
清竹偃狂風
明日迎東帝
唯応献至公

夜坐して厳寒に苦しみ、
星回って歳律窮まる。
青松暴雪に埋まり、
清竹狂風に偃す。
明日東帝を迎う、
唯応に至公を献すべし。

文久三年沖永良部島での除夜の作である。時に西郷は正に三十八歳（数え年）を迎えようとしていた。

海辺春月

江楼迎月薄雲晴
暗送香風聞玉笙
回首満天春意沸

（海辺の春月）

江楼月を迎えて薄雲晴れ、
暗に香風を送って玉笙を聞く。
首を回らせば満天春意沸く、

残梅疎影有二余清一

残梅の疎影(そえい)余清有り。

失題

皎皎金輪照二獄中一
蓬頭乱髪仰二晴空一
相思千里開二清鏡一
兄弟西南此夕同

（失　題）

皎皎(こうこう)たる金輪(きんりん)獄中を照らし、
蓬頭(ほうとう)乱髪晴空を仰ぐ。
相思千里清鏡を開き、
兄弟(けいてい)西南此の夕(ゆうべ)同じからん。

沖永良部幽囚中の作であろう。西郷は文久二年八月徳之島で沖永良部島へ遠島の命を受け、閏八月十六日沖永良部和泊の囲い牢に入れられた。たまたま同島に遠島になっていた川口量次郎（後雪篷）が書や詩に勝れていたことから、西郷も川口の指導を受けて書や詩を学んだ。西郷の書風が変わり、詩作が多くなるのは沖永良部遠島時代以後とされる。したがって、この詩もおそらく文久三年頃の作であろう。思い出している兄弟は、鹿児島の弟妹か、同時に喜界島に流されていた村田新八だろうという。両者にかけても差し支えなかろう。

平重盛

闔門栄顕肆二猖狂一
狼虎群中守二五常一
忠孝両全誰不レ感
史編留得徳華香

蒙下使二朝鮮国一之命上

酷吏去来秋気清
鶏林城畔逐レ涼行
須レ比蘇武歳寒操
応レ擬真卿身後名
欲レ告不レ言遺子訓
雖レ離難レ忘旧朋盟

（平重盛）

闔門（こうもん）の栄顕猖狂（しょうきょう）を肆（ほしいまま）にし、
狼虎の群中五常を守る。
忠孝両全誰（たれ）か感ぜざらん、
史編留め得たり徳華の香。

（朝鮮国に使するの命を蒙る）

酷吏去り来って秋気清く、
鶏林城畔涼を逐（お）うて行く。
須（すべか）らく比すべし蘇武（そぶ）歳寒の操（みさお）、
応（まさ）に擬すべし真卿身後の名。
告げんと欲して言わず遺子の訓、
離ると雖（いえど）も忘れ難し旧朋の盟。

胡天紅葉凋零日　　胡天の紅葉凋零（ちょうれい）の日、
遥拝㆓雲房㆒霜剣横　　遥かに雲房を拝すれば霜剣横たわる。

西郷が明治六年八月遣韓大使の内命を受け、出発の早からんことを待ち望む間に作った詩。第七句・第八句は朝鮮に行った時の状況を想起したものである。

偶成　（偶成）

獄裡氷心甘㆓苦辛㆒　　獄裡（ごくり）の氷心苦辛に甘んじ、
辛酸透ㇾ骨看㆓吾真㆒　　辛酸骨に透って吾が真を看（み）る。
狂言妄語誰知得　　狂言妄語誰（たれ）か知り得ん、
仰不ㇾ愧ㇾ天況又人　　仰いで天に愧（は）じず況（いわ）んや又人をや。

沖永良部島幽囚中の文久二年か、三年の作であろう。

中秋無月

今宵光景如何趣
一陣西風送㆓雨声㆒
万事人間多㆓失意㆒
中秋独不㆑闕㆓清明㆒

失題

座窺㆓古今㆒誦㆓陳編㆒
富貴如㆑雲日幾遷
人不㆑知㆑吾何慍有
一衣一鉢任㆓天然㆒

（中秋無月）

今宵(こんしょう)の光景如何(いかん)の趣(おもむき)ぞ、
一陣の西風雨声を送る。
万事人間失意多し、
中秋独り清明を闕(か)かず。

（失　題）

座して古今を窺(うかが)い陳編を誦すれば、
富貴雲の如く日に幾たびか遷(うつ)る。
人の吾を知らざる何の慍(いかり)か有らん、
一衣一鉢天然に任せん。

偶感

才子元来多過レ事
議論畢竟世無レ功
誰知黙黙不言裡
山是青青花是紅

偶成

再三流竄歴二酸辛一
病骨何曾慕二俸緡一
今日退休相共賞
団欒情話一家春

（偶感）

才子元来多く事を過（あやま）る、
議論畢竟（ひっきょう）世に功無し。
誰か知らん黙黙不言の裡（うち）、
山は是（これ）青青花は是紅（くれない）なるを。

（偶成）

再三の流竄（るざん）酸辛を歴（へ）たり、
病骨何ぞ曾て俸緡（ほうびん）を慕わん。
今日退休して相共に賞す、
団欒（だんらん）情話一家の春。

これは明治三年正月十八日、鹿児島藩参政を辞職した時のものと推定される。これまでゆっくり家にくつろぐこともできず、多忙な生活を送った西郷が、退職後一家団らんのたのしさを詠じたものである。

失題

柴門曲レ臂絶二逢迎一
夢幻利名何足レ争
貧極良妻未レ言レ醜
時来牲犢応レ遭レ烹
願遁二山野一畏二天意一
飽易二栄枯一知二世情一
世念已消諸念息
烟霞泉石満レ襟清

（失題）

柴門（さいもん）臂（ひじ）を曲げて逢迎を絶つ、
夢幻の利名何ぞ争うに足らん。
貧極まって良妻未だ醜を言わず、
時来らば牲犢（せいとく）応（まさ）に烹（ほう）に遭うべし。
願わくば山野に遁（のが）れて天意を畏れ、
飽くまで栄枯を易（か）えて世情を知らん。
世念已に消えて諸念息（や）み、
烟霞（えんか）泉石襟に満ちて清し。

戊辰戦争から帰郷して日当山温泉に行っていた頃、即ち明治元年末から同二年あたりの作ではないかといわれる。

温泉寓居作

柴門斜掩占二幽情一
簷外静聴渓水声
浴後閑窓煎レ茶処
寒池呑レ月暁光清

（温泉寓居作）

柴門(さいもん)斜めに掩(おお)うて幽情を占め、
簷外(えんがい)静かに聴く渓水の声。
浴後閑窓(かんそう)茶を煎ずる処、
寒池月を呑んで暁光清し。

第四句の寒池の語から指宿郡山川町鰻温泉での作ではないか。

夏　雨

細雨洗レ塵誰為憐
涼風満レ座意虚然
滴声有レ感幽囚裡
占二得清機一笑二適僊一

（夏　雨）

細雨塵を洗うて誰(た)が為にか憐む、
涼風座に満ちて意虚然たり。
滴声感有り幽囚の裡(うち)、
清機を占め得て適僊(てきせん)を笑う。

第三句の幽囚の語からみると、沖永良部島謫居中の作であろう。

高崎五郎右衛門十七回忌日賦焉（高崎五郎右衛門十七回忌日賦す）

歳寒松操顕　　歳寒くして松操顕われ、
濁世毒清賢　　濁世清賢を毒す。
対雪無窮感　　雪に対して無窮の感、
空過十七年　　空しく過す十七年。

後掲の「不道厳冬冷」と共に、慶応元年十二月三日京都における作である。嘉永二年、藩主島津斉興の後継をめぐる朋党事件（お由羅騒動）で、町奉行兼家老座書役高崎五郎右衛門（諱温恭）は十二月三日切腹を命ぜられて命をおとした。西郷家もこの事件で切腹を命ぜられた赤山靭負と関係があったことから、二十二歳の青年西郷には大きな衝撃を与えた。高崎の十七回忌を京都室町の旅宿で行なったが、高崎切腹の夜同様この夜も雪であったらしい。

春夜　　（春夜）

三宵連雨暗愁生　　三宵の連雨に暗愁生じ、
懶問園林千樹桜　　問うに懶し園林千樹の桜。

春夜乗レ晴閑試レ歩
落花枝上乱二鳴鶯一

温泉偶作

山間沸泉環レ屋流
浴余茶味意最優
十年清光幽囚裡
不レ管二沈痾一洗二旧愁一

山行

山行全勝レ薬
連日与レ晴期
追レ兎捜二栖伏一

春夜晴に乗じて閑(しず)かに歩を試みれば、
落花枝上に鳴鶯(めいおう)乱る。

（温泉偶作）

山間の沸泉屋を環(めぐ)って流れ、
浴余の茶味(さみ)意最も優なり。
十年の清光幽囚の裡(うち)、
沈痾(ちんあ)に管せられずして旧愁を洗う。

（山行）

山行は全く薬に勝り、
連日晴と期す。
兎を追うて栖伏(せいふく)を捜(さぐ)り、

駆レ獒忘二険夷一
帰来常節レ食
浴後不レ知レ疲
休レ道猟遊事
只宜二少壮時一

獒(いぬ)を駆って険夷(けんい)を忘る。
帰来常に食を節し、
浴後疲れを知らず。
道(い)うを休(や)めよ猟遊の事、
只少壮の時に宜(よろ)しと。

猟中逢レ雨

山行連日不レ知レ疲
寂寞茅檐陰雨時
群犬慰レ労眠正熟
独園間榻懶レ吟レ詩

(猟中雨に逢う)

山行連日疲れを知らず、
寂寞(せきばく)たる茅檐(ぼうえん)陰雨の時。
群犬労を慰して眠り正に熟し、
独園間榻(かんとう)詩を吟ずるに懶(ものう)し。

夏雨驟冷

(夏雨驟(にわ)かに冷かなり)

山蟬多少鳴㆓庭外㆒
声若㆓乱絃㆒斜日催
炎毒欲㆑駆東帝意
俄然狂雨送㆑涼来

山蟬(さんぜん)多少庭外に鳴き、
声乱絃の若(ごと)くにして斜日催す。
炎毒駆らんと欲す東帝の意、
俄然狂雨涼を送って来(きた)る。

同題の詩が三首ある。「火龍人逼」「板屋雨鳴」参照。

連雨遮㆑猟

（連雨猟を遮る）

山窓冷榻無㆓他腸㆒
看‐指㆓群峰㆒入㆓酔郷㆒
疾雨連朝羈㆓猟犬㆒
蕭蕭寒景帯㆑愁長

山窓の冷榻(れいとう)他腸無く、
群峰を看指して酔郷に入る。
疾雨連朝猟犬を羈(き)し、
蕭蕭(しょうしょう)たる寒景愁(うれい)を帯びて長し。

山中独楽

（山中の独楽）

山中独楽有レ誰争
晩酌無レ魚芹作レ羹
自隔二人声一虚澹極
清風明月有二余贏一

山中の独楽誰有ってか争わん、
晩酌魚無く芹を羹と作す。
自ら人声を隔てて虚澹極まり、
清風明月余贏有り。

投二村家一喜而賦

（村家に投じて喜んで賦す）

山老元難レ滞二帝京一
絃声車響夢魂驚
垢塵不レ耐二衣裳汚一
村舎避来身世清

山老元より帝京に滞まり難く、
絃声車響に夢魂驚く。
垢塵衣裳の汚るるに耐えず、
村舎避け来って身世清し。

この詩は明治六年末、参議を辞して武村の自邸に帰って来た時の作である。青山本等には「児玉天雨の批閲を乞いたるもの也」として、第三句・第四句が次のようになっている。「積塵幾寸衣裳重、郁舎暫忻身世軽」（積塵幾寸衣裳重く、郁舎暫忻ぶ身世の軽きを）とある。

或いはこれを最終的なものとすべきであろうか。

失題

纔出二都門一稍散レ襟
緑陰樹下碧渓潯
未レ炊丹洞胡麻飯
朝暮穿レ林半隠心

（失題）

纔(わず)かに都門を出ずれば稍(やや)襟を散ず、
緑陰樹下碧渓(へきけい)の潯(ほとり)。
未(いま)だ炊(かし)がず丹洞(たんどう)胡麻の飯(はん)、
朝暮林を穿って半隠の心。

前掲の「渓水鮮澄」の詩と共に、明治六年夏東京郊外渋谷の弟従道の別荘で養生中の作と思われる。

奉レ呈二月形先生一

四山含レ笑起二春風一
値二此芳時一意未レ通

（月形先生に呈し奉る）

四山笑を含んで春風起る、
此の芳時に値(あ)いて意未だ通せず。

思短熊羆夢難レ結　思短くして熊羆夢結び難く、
偏壅二正気一泣二豪雄一　偏に正気を壅いで豪雄を泣かしむ。

これは慶応元年春上京の途中、福岡に滞在している間に同藩勤王の士月形洗蔵に贈ったものである。筑前藩の政争のため、月形は幽囚にあい、同年十月死刑に処せられた。

奉レ贈二比丘尼一　（比丘尼に贈り奉る）

雌鴿驚レ雄戛戛声　雌鴿雄を驚かす戛戛の声、
頻呼二朋友一励二忠貞一　頻に朋友を呼んで忠貞を励ます。
翕然器重邦家宝　翕然器は重し邦家の宝、
最仰尊攘万古名　最も仰ぐ尊攘万古の名。

筑前の女傑野村望東尼を称讃した詩で、前掲の月形洗蔵に呈する詩と同じ頃の作であろう。

梅花　（梅　花）

似レ笑凡桃競二豔然一
碧翁優遇百花先
風刀挟レ雪欲レ摧レ蕋
猶有二余香節操全一

笑うに似たり凡桃（ぼんとう）の豔然（えんぜん）を競うを、
碧翁（へきおう）の優遇して百花に先んず。
風刀雪を挟んで蕋（ずい）を摧（くだ）かんと欲すれども、
猶（なお）余香節操の全き有り。

梅の花の気品の高い様子を詠じたもので、梅の異名を花魁というのは、すべての花（百花）にさきがけて咲くからである。

秋暁

蟋蟀声喧草露繁
残星影淡照二頽門一
小窓起レ座呼二児輩一

（秋暁）

蟋蟀（しっしゅつ）声喧（かまびす）しくして草露繁く、
残星影淡くして頽門（たいもん）を照らす。
小窓座を起って児輩を呼び、

温 習 督 来 繙㆓魯 論㆒
温習督し来って魯論(ろろん)を繙(ひもと)く。

題㆓子 房 図㆒
（子房の図に題す）

守㆑哲 無㆑如㆑鈍
哲を守るは鈍に如(し)くは無く、

風 容 似㆓女 僊㆒
風容女僊(じょせん)に似たり。

胸 中 何 物 在
胸中何物か在る、

圯 下 枕㆑書 眠
圯下(いか)書を枕にして眠る。

子房とは張良（中国戦国時代漢の人）の字。この詩は張良が、夜半圯下に黄石公を待って兵法を学んだという故事にちなんだ図について詠んだものである。

偶 成
（偶　成）

受㆑辛 経㆑苦 是 兼 非
辛を受け苦を経たり是と非と、

傲 骨 従 来 与㆑俗 違
傲骨(ごうこつ)従来俗と違(たが)う。

自レ古名声多作レ累
不レ如林下荷レ鋤帰

古より名声多く累を作(な)す、
如(し)かず林下鋤(すき)を荷うて帰るに。

閑居偶成

秋気早知荒僻地
爽風応レ未レ到二京城一
雨余涼動閑眠足
夢冷松梢滴露声

（閑居偶成）

秋気早く知る荒僻(こうへき)の地、
爽風応(まさ)に未だ京城に到らざるべし。
雨余(うよ)涼(りょう)動いて閑眠足る、
夢は冷かなり松梢(しょうしょう)滴露の声。

青山本及び大木本は第四句を「夢在二高原一玉露清」（夢は高原に在って玉露清し）に作る。この詩は霧島かどこかの温泉での作と思われる。大木本は明治七年、白鳥温泉から川口雪篷に贈ったものとする。

秋夜客舎聞レ砧

秋深風露客衣寒
村静砧声起二夜闌一
皎月窺レ窓照二双杵一
更令三孤婦叩二辛酸一

秋雨排レ悶

秋風吹送聴二鳴簫一
独坐更長転寂寥
夜雨急遶愁悶去
声声伝レ響到二芭蕉一

(秋夜客舎に砧(きぬた)を聞く)

秋深くして風露客衣(かくい)寒く、
村静かにして砧声(ちんせい)夜闌(やらん)に起る。
皎月(こうげつ)窓を窺いて双杵(そうしょ)を照らし、
更に孤婦をして辛酸を叩かしむ。

(秋雨悶を排す)

秋風吹き送って鳴簫(めいしょう)を聴き、
独坐更(こう)長(た)けて転(うた)た寂寥(せきりょう)。
夜雨急に遶(めぐ)って愁悶去り、
声声響を伝えて芭蕉に到る。

虫声非レ一

秋風多感夕
帯レ雨月光昏
閑愛陰虫語
声声隔二竹垣一

（虫声一に非ず）

秋風多感の夕（ゆうべ）、
雨を帯びて月光昏（くら）し。
閑（しず）かに愛す陰虫の語、
声声竹垣（ちくえん）を隔つ。

この詩は「大西郷全集」に収められたが、同じ編者の「大西郷書翰大成」には脱している。しかも「大西郷書翰大成」の「詩歌のはじめに」の中で編者は、「京都にて出来た詩に『月前遠情』とか『虫声非一』などいう題詠の多いのは、其の折の闘詩の結果である」とこの題名をあげている。或いは脱漏とみるべきか。

閑庭菊花

秋芳幽静友
黄白満二荒庭一

（閑庭の菊花）

秋芳幽静の友、
黄白荒庭（こうてい）に満つ。

閑適如何処
金風暗送レ馨

客次偶成

秋夜凄其郷信賖
枕頭斜月映二窓紗一
一声新雁驚二残夢一
夢到天涯万里家

月前遠情

秋夜東山月
光輝欠却明
京華千里客

閑適(かんてき)如何(いかん)の処、
金風暗に馨(かおり)を送る。

（客次偶成）

秋夜凄其(せいき)として郷信賖(はる)かに、
枕頭の斜月窓紗(そうしゃ)に映ず。
一声の新雁(しんがん)残夢を驚かし、
夢は到る天涯万里の家。

（月前遠情）

秋夜東山の月、
光輝欠けて却(かえ)って明らかなり。
京華千里の客、

相照故郷情

相照す故郷の情。

江楼賞レ月

十二江楼掃二宿雲一
秋風落月送二涼氛一
終宵不レ睡耽二佳景一
波上清光畳二縠紋一

（江楼に月を賞す）

十二江楼宿雲を掃い、
秋風落月涼氛を送る。
終宵睡らず佳景に耽る、
波上の清光縠紋を畳む。

この詩は或いは潮来（茨城県）十二橋の景を詠じたものかという。

村居即目

十里坡塘引レ興長
西郊帰犢対二斜陽一
邨翁鼓腹欣二豊歳一

（村居即目）

十里の坡塘興を引いて長く、
西郊の帰犢斜陽に対す。
邨翁鼓腹して豊歳を欣び、

万頃稌花笑語香

万頃の稌花笑語香し。

大山士為二砲隊練磨一東行賦レ之以代レ餞

（大山士の砲隊練磨の為東行するに之を賦して以て餞に代う）

従来素志燦二交情一
大義撐レ腸離別軽
一算投レ機扶二百世一
片言愆レ令斃二千兵一
必亡危難生二粗暴一
決勝奇謀発二至誠一
往矣慎哉雷火術
電光声裡見二輪贏一

従来の素志交情燦たり
大義腸を撐えて離別軽し。
一算機に投ずれば百世を扶け、
片言令を愆まれば千兵を斃す。
必亡の危難は粗暴に生じ、
決勝の奇謀は至誠に発す。
往け慎めよ哉雷火の術、
電光声裡輪贏を見る。

大木本はこの詩題を「大山瑞巌を送る」とし、「大西郷全集」は「友人礮隊長某奥羽戦役に赴任するを送る」としているが、渡辺盛衛は「書翰大成」では「元帥公爵大山巌」所載の西郷家蔵の書幅写真版により本書の通り改めている。これは第一次長州征伐軍解兵の際、慶応元年正月、小倉で従弟大山巌が再び砲術研究のために江戸の江川塾に行くのを送った詩である。

春暁枕上

春光不レ似二勁秋晴一
暖紫嬌紅繋二我情一
夢在二芳林桃李裡一
驚来枕上売レ花声

（春暁枕上）

春光は勁秋（けいしゅう）の晴るるに似ず、
暖紫嬌紅我が情を繋ぐ。
夢は芳林桃李の裡（うち）に在り、
驚き来る枕上花を売るの声。

閑居重陽

書窓蕭寂水雲間

（閑居重陽）

書窓蕭寂（しょうせき）たり水雲の間、

兀坐秋光野興閑
独有黄花供幽賞
重陽相対憶南山

兀坐秋光野興閑なり。
独り黄花の幽賞を供する有り、
重陽相対して南山を憶う。

第四句は陶淵明の詩に「采菊東籬下悠然見南山」（菊を東籬の下に采りて、悠然南山を見る」とあるのを想起したものである。

春日偶成

春風送暖入吟思
李白桃紅巧吐奇
誰識花前却生感
昨年挑戦是斯時

（春日偶成）

春風暖を送って吟思に入り、
李白桃紅巧みに奇を吐く。
誰か識らん花前却って感を生ずるを、
昨年の挑戦是れ斯の時。

明治二年三月頃、去年の江戸進撃の当時を思い出して、鹿児島で作ったものといわれる。二年二月二十五日には藩の参政になった。それから間もない頃であろう。

送三高田平次郎将レ去二沖永良部島一

（高田平次郎の将（まさ）に沖永良部島を去らんとするを送る）

春容催レ暮惨二離情一
万里行舟向二帝京一
花謝送レ君相共去
無レ那鶯語惜レ期鳴

春容暮を催して離情惨たり、
万里の行舟帝京に向う。
花謝し君を送って相共に去り、
那（いかん）ともする無し鶯語（おうご）期を惜みて鳴くを。

これは文久三年四月沖永良部島詰横目高田が、島から転出するのを送る詩、あとに残る西郷の感懐を折り込んでいる。

初夏月夜

（初夏の月夜）

初探清涼月
曲江波上看
孤舟欲二方繫一

初めて探る清涼の月、
曲江波上に看（み）る。
孤舟方（まさ）に繫がんと欲すれば、

粘草露蛍寒

粘（ねん）草（そう）露（ろ）蛍（けい）寒し。

奉レ寄ニ吉井友実雅兄一

如今常守ニ古之愚一
転覚交情世俗殊
規誨自然生ニ戯謔一
杯樽随意極ニ歓娯一
同袍固慕藍田約
談笑尤非ニ竹林徒一
此会由来与レ孰倶
願令三衰老出ニ塵区一

（吉井友実雅兄に寄せ奉る）

如今（じょこん）常に古の愚を守り、
転（うた）た覚ゆ交情世俗に殊（こと）なるを。
規誨（きかい）自然に戯謔（ぎぎゃく）を生じ、
杯樽（はいそん）随意歓娯を極む。
同袍固（もと）より慕う藍田（らんでん）の約、
談笑尤（もっと）も竹林の徒に非（あら）ず。
此の会由来孰（たれ）と倶（とも）にす、
願わくは衰老をして塵区（じんく）を出でしめよ。

これは明治六年西郷が渋谷の従道の別荘に静養していた時、藍田の約の句からすると、九月九日に吉井から何か会合への出席を促したのに対して作ったものであろう。藍田の約は唐詩選に李白たちが崔氏の別荘で風流を楽しんだ故事をさす。晋の竹林の七賢の会合は、世俗に劣る下品な言動があり、その徒輩のまねはできないとしている。

偶成

生涯不レ覓好恩縁
遊子傾レ嚢開二酒筵一
洛苑三春香夢裡
身為二胡蝶一睡二花辺一

（偶成）

生涯覓めず好恩縁、
遊子嚢を傾けて酒筵を開く。
洛苑の三春香夢の裡、
身は胡蝶と為って花辺に睡る。

新晴

賞花時節欲レ尋レ芳
痴雨頑雲引レ恨長
豈料林間鳩喚レ霽

（新晴）

賞花の時節芳を尋ねんと欲すれば、
痴雨頑雲恨を引いて長し。
豈料らんや林間鳩霽を喚ぶ、

霽来何物不二馨香一

秋雨訪レ友

衝レ雨来叩雲外門
風光満目対二吟樽一
相逢高興無二他事一
山水幽情仔細論

示二吉野開墾社同人一

身答二君恩一一死軽
常労二筋骨一事二躬耕一
誰知農務余閑際
伴二豹韜一無二児女情一

霽（は）れ来りて何物か馨香（けいこう）ならざらん。

（秋雨友を訪う）

雨を衝いて来り叩く雲外の門、
風光満目吟樽（ぎんそん）に対す。
相逢うて高興他事無く、
山水の幽情仔細に論ず。

（吉野開墾社同人に示す）

身君恩に答えて一死軽（かろ）く、
常に筋骨を労して躬耕（きゅうこう）を事とす。
誰か知らん農務余閑の際、
豹韜（ひょうとう）を伴いて児女の情無きを。

これは明治八年四月設立した吉野の開墾社の人たちにその心得を示したものである。

寒夜独酌

深更風急漏声哀
孤客心腸苦二死灰一
塵世難レ遇開レ口笑
抛レ書痴坐且銜レ杯

偶成

深遮二塵世一樹陰清
幽鳥為レ誰窓外鳴
最喜山中免二官賦一
曾無三俗吏叩二柴門一

（寒夜独酌）

深更風急にして漏声(ろうせい)哀し、
孤客の心腸死灰(しかい)に苦しむ。
塵世遇(あ)い難し口を開いて笑うに、
書を抛(なげう)って痴坐して且(しばら)く杯を銜(ふく)む。

（偶成）

深く塵世(じんせい)を遮って樹陰清く、
幽鳥誰(た)が為にか窓外に鳴く。
最も喜ぶ山中官賦を免れ、
曾て俗吏の柴門(さいもん)を叩く無きを。

山寺秋雨

深林孤寂暮鐘中
秋雨声微帯㆓草虫㆒
山色清幽塵慮絶
薫然香靄満㆓禅宮㆒

温泉寓居待㆓友人来㆒

親朋期約過㆓三日㆒
相待千般若㆓究鰥㆒
烟澹雨疎旧情隔
慕心深処稚児頑

（山寺の秋雨）

深林孤寂（こせき）暮鐘の中、
秋雨声微かにして草虫を帯ぶ。
山色清幽にして塵慮（じんりょ）絶え、
薫然（くんぜん）たる香靄（こうあい）禅宮に満つ。

（温泉の寓居に友人の来るを待つ）

親朋（しんぽう）期約三日（さんじつ）を過ぎ、
相待つ千般究鰥（きゅうかん）の若（ごと）し。
烟澹（あわ）く雨疎（まばら）にして旧情隔り、
慕心深き処稚児の頑（がん）。

偶成

塵世逃レ官又遯レ名
偏怡造化自然情
閑中有レ味春窓夢
呼覚暁鶯三両声

（偶成）

塵世官を逃れ又名を遯（のが）れ、
偏（ひとえ）に怡（よろこ）ぶ造化自然の情。
閑中味（あじわい）有り春窓の夢、
呼び覚す暁鶯（ぎょうおう）三両声。

西郷退官後の第一春即ち明治七年の作であろう。悠々自適の境地を詠んだものである。

八幡公

数年征戦不レ謀レ功
自作二干城一胆満レ躬
更憶微行花巷夜
悠然一睡圧二兇雄一

（八幡公）

数年の征戦功を謀らず、
自ら干城と作（な）って胆躬（み）に満つ。
更に憶う微行花巷（かこう）の夜、
悠然一睡兇雄を圧せしを。

八幡公は前九年・後三年の役で勇名をとどろかせた八幡太郎義家のことである。第三句・

第四句は前九年・後三年の役後、義家が賊将安倍宗任をつれて京都の花街で遊んだ時、宗任は義家を刺そうとしたが、義家が自分を信じて熟睡しているのでどうしても刺せなかったという故事をさす。

詠史

世間多少失㆓天真㆒
貧富廉貪未㆑了㆑因
請看摘㆑薇夷叔操
貴㆓於値十五城珍㆒

（詠史）

世間多少天真を失い、
貧富廉貪（れんたん）未だ因を了せず。
請う看（み）よ薇（わらび）を摘みし夷叔（いしゅく）の操、
値十五城の珍よりも貴し。

伯夷・叔斉の節義の高さを賞讃した詩。二人は殷の諸侯の一人孤竹君の子で、諸侯の一人西伯に仕えていた。西伯の死後、子の発が殷の紂王を討つ時、父の本葬の済まない中戦争してはいけないと諫めたが聞かず殷を討って天子（周の武王）となったので、周の臣となることを恥じ、首陽山に隠れて薇を採って食べ、遂に餓死した。また卞和（べんか）の璧（へき）という立派な玉を秦の昭王が秦の十五城とかえようといってだまし取ろうとした。その時藺相如が使者となって昭王の虚偽を見破り、玉を取り戻して帰った。第四句はこの故事を想起し、それ以上に夷叔の操は貴いとしている。

偶成

世上毀誉軽似レ塵
眼前百事偽耶真
追思孤島幽囚楽
不レ在二今人一在二古人一

示二子弟一

世俗相反処
英雄却好親
逢レ難無二肯退一
見レ利勿二全循一

（偶成）

世上の毀誉軽（かろ）きこと塵に似たり、
眼前の百事偽か真か。
追思すれば孤島幽囚の楽（たのしみ）、
今人に在らず古人に在り。

（子弟に示す）

世俗相反する処、
英雄却（かえ）って好親す。
難に逢いては肯（あえ）て退く無く
利を見ては全く循（したが）う勿（なか）れ。

斉レ過沽二之己一　　過を斉しうしては之を己に沽い、
同レ功売二是人一　　功を同じうしては是を人に売る。
平生偏勉力　　平生偏に勉力し、
終始可レ行レ身　　終始身に行う可し。

題下韓信出二胯下一図上　　（韓信胯下を出る図に題す）

盛名令レ終少　　盛名終りを令くするは少く、
功遂竟淪亡　　功遂げて竟に淪亡す。
恠底胯間志　　恠む底ぞ胯間の志、
封レ王忽自忘　　王に封ぜられて忽ち自ら忘る。

韓信の胯くぐりの図に題した詩で、明治二、三年の作だろうという。韓信は漢の高祖をたすけ遂にかれを天下の覇者とし、楚王に封ぜられたが、それが頂点で、やがてその才能を忌まれ嫌われて、遂には謀反の心ありとの口実のもとに殺されてしまった。

贈二土持政照一

精神不レ滅昔人清
専顧二君恩一壮気横
開レ眼営レ船真意顕
揮レ洟鬻レ僕俗縁軽
北堂貞訓能応レ奉
先祖忠勤当二力行一
畢世勉乎酬二国事一
無私純忠挺二群英一

（土持政照に贈る）

精神滅ぜず昔人の清きに、
専ら君恩を顧みれば壮気横たわる。
眼を開き船を営みて真意顕わる、
洟を揮い僕を鬻いで俗縁軽し。
北堂の貞訓能く応に奉ずべく、
先祖の忠勤当に力行すべし。
畢世勉めよや国事に酬い、
無私純忠群英に挺んことを。

西郷は文久三年、薩英戦争の報知を沖永良部島で聞いた。その時、土持政照は西郷に従って忠勤を尽そうとし船造りを思いたち、その資として下女を売った。

題㆘高山先生遇㆓山賊㆒図㆖

精忠純孝冠㆓群倫㆒
豪傑風姿画叵㆑真
小盗胆驚何足㆑恠
回天創業是斯人

（高山先生山賊に遇う図に題す）

精忠純孝群倫に冠たり、
豪傑の風姿画くとも真なり叵(がた)し、
小盗胆驚く何ぞ恠(あや)しむに足らん、
回天の創業是斯(こ)の人。

高山彦九郎が木曾山中で、四人の山賊に出逢った時、彦九郎が大声で山賊をどなりちらしてさっさと通り過ぎた。賊がびっくりして畏縮した状況を画いた図に題したものである。

偶　成

誓入㆓長城㆒不㆑顧㆑身
唯愁㆓皇国㆒説㆓和親㆒
譬投㆑首作㆓真卿血㆒
自㆑是多年駭㆓賊人㆒

（偶　成）

誓って長城に入る身を顧みず、
唯皇国を愁いて和親を説く。
譬(たとい)首(こうべ)を投じて真卿の血と作(な)るとも、
是より多年賊人を駭(おどろ)かさん。

元治元年（一八六四）の第一回長州征伐の参謀長となった西郷は、初めの強硬路線を変更して長州藩の謝罪恭順で事態を収拾しようと、自ら十一月岩国に、十二月下関に行って事をおさめた。禁門の変以来長州では「薩賊会奸」といって薩摩を怨み、特に西郷はその時の指揮者として長州人の大きな怨みを買っていた。したがって、その西郷が長州特に奇兵隊等諸隊の屯集地である下関に入ることは危険と考えられていた。自ら危地に入って事態を収拾しようとする西郷の心境を詠じたものである。

失題

赤子慕心何処伸
青雲遼隔不レ容レ親
一貧一富如二泡夢一
昨日恩情今路人

（失題）

赤子の慕心何れの処にか伸びん、
青雲遼（はる）かに隔てて親しむ容（べ）からず。
一貧一富泡夢（ほうむ）の如く、
昨日の恩情今は路人。

西郷が島津久光の怒りに触れて、陳謝するため、明治五年末帰郷した時の作と思われる。

遊二赤壁一

赤壁誰争二山水清一
難レ比千古著二功名一
早帆衝レ雨潮声急
暗霧囲レ峰震霹轟
浪砕周郎疑二激戦一
雲晴蘇子寄二風情一
豈図此夕逢二春暖一
直棹二孤舟一乗レ月行

（赤壁に遊ぶ）

赤壁誰か山水の清きを争わんや、
比し難し千古功名を著（あら）わすに。
早帆雨を衝いて潮声急に、
暗霧峰を囲んで震霹（しんぺき）轟く。
浪砕けては周郎激戦するかと疑い、
雲晴れて蘇子風情を寄す。
豈（あに）図らんや此の夕（ゆうべ）春暖に逢わんとは、
直（ただち）に孤舟に棹（さお）さして月に乗じて行く。

屋代本は錦江湾のどこかを赤壁に見たてて詠んだものだろうとする。

留別

千山緑暖向二皇城一

（留別）

千山緑暖かにして皇城に向えば、

黄鳥惜レ春垂柳鳴
男子元無二児女涙一
従容分レ手旧交情

暁発二山駅一

前山懸レ月後山晴
遠寺疎鐘雲外声
一帯駅亭人跡絶
晨鶏数叫送二行程一

秋暁煎レ茶

疎星残影散二寒空一
林際和レ霜語レ晴虫

黄鳥春を惜んで垂柳に鳴く。
男子元児女の涙無く、
従容(しょうよう)手を分つ旧交情。

(暁山駅を発す)

前山月を懸けて後山晴れ、
遠寺の疎鐘(そしょう)雲外の声。
一帯の駅亭人跡絶え、
晨鶏(しんけい)数(しばしば)叫んで行程を送る。

(秋暁茶を煎る)

疎(そ)星(せい)の残影寒空に散じ、
林際霜に和して晴(せい)を語る虫。

茶鼎松濤聴亦好
従来香味暁烟中

偶成

早起開レ扉望二桜峰一
雲間白雪奥応レ冬
両三詩客訪二茅屋一
汲レ水喫レ茶共忘レ庸

偶成

相遇相逢心不同
錦衣燦爛占二高風一
応レ知閑談幽園裏

茶鼎(さてい)松濤聴くも亦好し、
従来香味暁烟(ぎょうえん)の中(うち)。

（偶　成）

早起扉を開いて桜峰(おうほう)を望めば、
雲間の白雪奥応(まさ)に冬なるべし。
両三の詩客茅屋(ぼうおく)を訪い、
水を汲み茶を喫し共に庸(つね)を忘る。

（偶　成）

相遇い相逢う心同じからず、
錦衣燦爛(さんらん)高風を占む。
応(まさ)に知るべし閑談幽園の裏(うち)、

塵事交加清趣空　　塵事交(こもごも)加わって清趣空しきを。

渡辺盛衛はこの詩について、「或は此の詩は温泉にての作とあれど、予は取らず、或は曰く、明治七年末大山巖の鹿児島に帰りて隆盛を訪うた折の作だと。併しこれ亦未だ確証はない。」と記し、後に「東京かえりの人に逢って緩談に移る前に示したもののようである。して見れば大山巖帰省の折という説が首肯されぬでもない」としているが、果してどうであろうか。

与二友人一共来、友人先レ余而帰。因賦レ此送レ之。

（友人と共に来り、友人余に先だって帰る。因って此を賦して之を送る）

相携相共洗二沈痾一　　相携えて相共に沈痾(ちんあ)を洗い、
洗去帰時我未レ痊　　洗い去って帰る時我未だ痊(い)えず。
若朋人有二来訪在一　　若(も)し朋人の来訪在る有らば、
犬声高処淡烟多　　犬声(けんせい)高き処淡烟(たんえん)多し。

送㆓菅先生㆒

相逢如㆑夢又如㆑雲
飛去飛来悲且欣
一諾半銭慚㆓季子㆒
昼情夜思不㆑忘㆑君

（菅(すげ)先生を送る）

相逢う夢の如く又雲の如く、
飛び去り飛び来って悲しみ且つ欣ぶ。
一諾半銭季子に慚(は)ずれども、
昼情夜思君を忘れず。

菅実秀が明治八年旧庄内藩士七人と鹿児島に西郷をたずね、西郷の薫陶を受けての別れに際して贈ったものである。菅とは明治四年東京で逢い、菅が酒田県権参事となって行く時、贈った詩がある。第三句は史記季布伝中、楚人の諺に「黄金百金を得るは季布の一諾を得るに如かず」とある故事を引用したものである。

月照和尚忌日賦焉

相約投㆑淵無㆓後先㆒
豈図波上再生縁

（月照和尚の忌日に賦す）

相約して淵に投ず後先(こうせん)無し、
豈(あに)図らんや波上再生の縁。

回レ頭十有余年夢　　頭(こうべ)を回(めぐ)らせば十有余年の夢、
空隔二幽明一哭二墓前一　　空しく幽明を隔てて墓前に哭(こく)す。

西郷が月照と共に鹿児島湾で入水したのは、安政五年十一月十六日未明であった。明治七年十一月十六日の月照十七回忌に当り、京都から寺男重助が墓前に来た時、共に墓参りして作った詩である。

失題　　（失題）

蒼烟四罩昼濛濛　　蒼烟四(よも)に罩(こも)りて昼濛濛(もうもう)、
水態山容看欲レ空　　水態山容看(み)て空ならんと欲す。
恰是艶和三月候　　恰(あたか)も是艶和三月の候、
人行李白柳青中　　人は行く李白柳青の中(うち)。

閑居偶成

他年野鼠食㆓天倉㆒
休退自由遊㆓睡郷㆒
猫爪脱来間富貴
徐行不㆑似㆓旧時忙㆒

弔㆓亡友㆒

耐㆑艱摧㆑賊鉄心堅
功業名声天下伝
情契如今異㆓生死㆒
忠魂欲㆑慰涙潸然

（閑居偶成）

他年野鼠（やそ）天倉に食（は）み、
休退自由に睡郷（すいきょう）に遊ぶ。
猫爪（びょうそう）脱し来って間（かん）富貴、
徐行して旧時の忙に似ず。

（亡友を弔う）

艱（かん）に耐え賊を摧（くだ）きて鉄心堅く、
功業名声天下に伝う。
情契（じょうけい）如今（じょこん）生死を異にし、
忠魂慰めんと欲して涙潸然（さんぜん）たり。

戊辰の役で戦死した人たちの忠魂を弔った詩といわれる。

謫居歳日

謫居迎レ歳処
誰復勧二杯觴一
切切懐二同友一
悠悠望二故郷一
軽風停二宿雪一
薄靄隠二初陽一
可レ恤三春苦
皚鬚写二断腸一

（謫居歳日）

謫居歳を迎うる処、
誰か復杯觴を勧めん。
切切同友を懐い、
悠悠故郷を望む。
軽風宿雪を停め、
薄靄初陽を隠す。
恤む可し三春の苦、
皚鬚断腸を写す。

第一句の謫居及び第七句の三春の苦の語から、元治元年正月沖永良部島での作と考えられ、この元旦は前掲、「吾年垂四十」の詩中にある明日に当るのである。

偶成

淡雲擁レ屋毎春喧
天沸二温泉一清不レ渾
静裡幽懐誰識得
半窓閑夢入二桃源一

（偶成）

淡雲屋を擁して毎に春喧、
天温泉を沸かし清くして渾らず。
静裡の幽懐誰か識り得ん、
半窓の閑夢桃源に入る。

どこか温泉での作と思われるが、どこの温泉であるかは不明。

中秋賞レ月

中秋歩レ月鴨川涯
十有余回不レ在レ家
自笑東西萍水客
明年何処賞二光華一

（中秋月を賞す）

中秋月に歩す鴨川の涯、
十有余回家に在らず。
自ら笑う東西萍水の客、
明年何れの処にか光華を賞せん。

これは慶応元年京都での作詩である。西郷は安政元年藩主島津斉彬の中小姓として出府のため、鹿児島の家を出てからこの年まで十二回、中秋の名月を鹿児島で見ることはできなかった。翌二年の中秋の月は、鹿児島の大隅日当山温泉で見ている。

偶成

朝市無レ由レ謝二俗縁一
穿レ林駆レ兎便悠然
前身疑是山中客
一剣誤来世上辺

（偶成）

朝市俗縁を謝するに由無く、
林を穿ち兎を駆れば便(すなわ)ち悠然。
前身疑う是れ山中の客、
一剣誤り来る世上の辺。

獄中有レ感

朝蒙二恩遇一夕焚阬
人生浮沈似二晦明一
縦不レ回レ光葵向レ日

（獄中感有り）

朝(あした)に恩遇を蒙り夕に焚阬(ふんこう)せらる、
人生の浮沈晦明(かいめい)に似たり。
縦(たと)い光を回(めぐ)らさずとも葵(あおい)は日に向い、

若無レ開レ運意推レ誠　　若(も)し運を開く無くとも意は誠を推す。
洛陽知己皆為レ鬼　　洛陽の知己皆鬼(き)と為り、
南嶼俘囚独窃レ生　　南嶼(なんしょ)の俘囚独り生を窃(ぬす)む。
生死何疑天附与　　生死何ぞ疑わん天の附与なるを、
願留二魂魄一護二皇城一　　願わくは魂魄を留めて皇城を護らん。

西郷の沖永良部島幽囚時代の作である。西郷の死後明治十二年勝海舟がこの詩を石に刻して留魂碑としたのが、今洗足池畔（東京・大田区）に建っている。裏面に海舟自撰の碑文がある。

春暁　　（春暁）

鳥語頻呼閑夢驚　　鳥語頻(しき)りに呼んで閑夢(かんむ)驚き、
庭前花気解二余醒一　　庭前の花気余醒を解く。
曙光漸覚幽窓白　　曙光漸(ようや)く覚めて幽窓白く、

何処轆轤斟レ井声

温泉閑居

沈痾洗去点無レ憂
是此歓杯自献酬
帰夢迷飛不レ知レ処
醒来孤枕曲渓頭

田猟

提レ銃携レ嫯如レ攻レ敵
峰頭峰下慇懃覓
休レ嗤追レ兎老夫労
欲下以二遊畋一換中運甓上

何れの処か轆轤井を斟む声。

（温泉閑居）

沈痾洗い去って点も憂無し、
是れ此の歓杯自ら献酬す。
帰夢迷い飛んで処を知らず、
醒め来れば孤枕曲渓の頭。

（田猟）

銃を提げ嫯を携えて敵を攻むるが如く、
峰頭峰下慇懃に覓む。
嗤うを休めよ兎を追う老夫の労、
遊畋を以て運甓に換えんと欲す。

偶成

天歩艱難繋獄身
誠心豈莫レ慙二忠臣一
遥追二事跡一高山子
自養二精神一不レ咎レ人

（偶成）
天歩艱難繋獄（けいごく）の身、
誠心豈（あに）忠臣に慙（は）ずること莫（な）からんや。
遥かに事跡を追う高山子（たかやまし）、
自ら精神を養いて人を咎めず。

西郷は、文久二年閏八月十四日から元治元年二月二十二日まで満一年半、沖永良部島に遠島になり、囲牢に入れられていた。繋獄の身とはそのことをさすもので、この詩は同島幽囚中の作である。西郷は寛政頃の勤王の志士高山彦九郎を非常に尊敬しており、同島遠島に際し、高山の伝記を携えて行ったという。

謝二貞卿先生之恩遇一

（貞卿先生の恩遇を謝す）

天歩艱罹レ禍
何図繋獄身

天歩艱にして禍に罹（かか）る、
何ぞ図らん繋獄（けいごく）の身。

昔年蒙寵遇
今日抱酸辛
満垢澆湯浴
重愁散酒醇
有誰臻此賚
賢宰因純仁

昔年寵遇を蒙り、
今日酸辛を抱く。
満垢湯浴に澆ぎ、
重愁酒醇に散ず。
誰有りて此の賚を臻す、
賢宰の純仁に因る。

この詩は沖永良部幽囚中の作で、貞卿に謝意を表したものである。貞卿とは沖永良部島の与人蘇廷良（のち沖利有）のことで、医師であり歌をよくした。歌は八田知紀に学んだという。

有約阻雨
（約有り雨に阻まる）

妬矣痴乎風雨嗔
涓涓滴滴撲窓頻
李泣桃傷誰忍看

妬か痴か風雨嗔り、
涓涓滴滴窓を撲つこと頻なり。
李泣き桃傷む誰か看るに忍びん、

半負二朋人一半負レ春

春雨新晴

当戸群峰雨霽時
暗愁散処始開レ眉
林間景物元無レ尽
花落陰成亦一奇

読二関ケ原軍記一

東西一決戦二関原一
嗔髪衝レ冠烈士憤
成敗存亡君勿レ説
水藩先哲有二公論一

半ば朋人に負(そむ)き半ば春に負く。

（春雨新たに晴る）

当戸の群峰(ぐんぽう)雨霽(は)るる時、
暗愁(あんしゅう)散ずる処始めて眉を開く。
林間の景物元より尽くる無く、
花落ちて陰成るも亦一奇。

（関ケ原軍記を読む）

東西一決関ケ原に戦う、
嗔髪(しんぱつ)冠を衝いて烈士憤(いきどお)る。
成敗存亡君説く勿(なか)れ、
水藩(すいはん)の先哲公論有り。

関ケ原の戦で島津義弘は西軍に参加して奮戦激闘、敵前退却を敢行して辛うじてのがれ帰った。それ故、関ケ原の戦は薩摩の人にとって苦戦敗北の歴史である。「関ケ原軍記」を読むことは薩摩武士の苦難を想起することであった。

惜レ春

東帝無情催レ駕回
寥然独臥懶レ呼レ杯
春風触泣愁人意
一片飛花入レ座来

（春を惜しむ）

東帝無情駕を催して回り、
寥然独り臥して杯を呼ぶに懶し。
春風触泣す愁人の意、
一片の飛花座に入って来る。

春寒

東風吹レ冷犯二残梅一
麦隴波寒払二緑堆一

（春寒）

東風冷を吹いて残梅を犯し、
麦隴波寒くして緑堆を払う。

春雲一般分㆓両意㆒
詩人清賞野人哀

春興

動㆑人春色競㆓芳妍㆒
淡泊濃紅映㆑日鮮
対㆑客有㆑情如㆑欲㆑語
堪㆑嗤心酔睡㆓花氈㆒

偶成

独坐幽懐遠㆓市囂㆒
千峰愁色雨声饒
渓雲埋㆑屋昼濛翳

春雲一般両意を分ち、
詩人は清賞し野人は哀しむ。

（春興）

人を動かすの春色芳妍（ほうけん）を競い、
淡泊濃紅日に映じて鮮かなり。
客に対して情有り語らんと欲するが如し、
嗤（わら）うに堪（た）えたり心酔して花氈（かせん）に睡る。

（偶成）

独坐幽懐市囂（しごう）に遠ざかり、
千峰の愁色雨声饒（おお）し。
渓雲屋を埋（うず）めて昼濛翳（もうえい）、

窓影恰如二春月宵一　　窓影恰（あたか）も春月の宵の如し。

この詩は明治六年、西郷が弟従道の渋谷の別荘で養生中作ったものだろうといわれる。渋谷金王町の附近もこの頃は静かな場所であった。

辞レ闕　　（闕を辞す）

独不レ適二時情一　　独り時情に適せず、
豈聴二歓笑声一　　豈（あに）歓笑の声を聴かんや。
雪レ羞論二戦略一　　羞（はじ）を雪（そそ）がんとして戦略を論ずれば、
忘レ義唱二和平一　　義を忘れて和平を唱う。
秦檜多二遺類一　　秦檜（しんかい）遺類多く、
武公難二再生一　　武公再生し難し。
正邪今那定　　正邪今那（なん）ぞ定めん、
後世必知レ清　　後世必ず清を知らん。

これは明治六年十月、朝鮮遣使論が破れて辞表を出し野に下った時の詩で、満腔の不満を訴えたものである。宋の宰相秦檜は武将岳飛が敵国金に勝つことを喜ばず、岳飛を殺すことを条件に金と和睦し、高宗に讒言して岳飛を獄に下して殺した。

閑　居

日日幽居懶レ出レ門
吟レ詩弄レ筆到二黄昏一
夜来児女喧二啼笑一
不レ管閑人静裡魂

元　旦

破レ暁鐘声歳月更
軽烟帯レ暖到二柴荊一

（閑　居）

日日（にちにち）幽居して門を出ずるに懶（ものう）く、
詩を吟じ筆を弄して黄昏（こうこん）に到る。
夜来児女啼笑（ていしょう）喧（かまびす）し、
管せず閑人静裡の魂。

（元　旦）

暁を破る鐘声に歳月更（あらた）まり、
軽烟（けいえん）暖を帯びて柴荊（さいけい）に到る。

佳辰先祝君公寿
起整二朝衣一拝二鶴城一

佳辰(かしん)先ず祝す君公の寿、
起きて朝衣を整え鶴城(かくじょう)を拝す。

西郷は安政元年鹿児島で正月を迎えて以後、十五年間自宅で正月を迎えたことがなかったが、明治三年鹿児島藩参政として十六年振りに自宅で正月を迎えた。その時の詩であろう。大木本では詩題が「庚午元旦」としてある。庚午は明治三年である。

迎二新春一

梅花催二淑気一
微暖放二春晴一
風斂鶯将レ語
霞軽柳未レ萌
迎レ新先賀レ寿
破レ臘乍開レ正

(新春を迎う)

梅花淑気(しゅくき)を催し、
微暖春晴を放つ。
風斂(おさま)って鶯将(まさ)に語らんとし、
霞軽くして柳未だ萌えず。
新を迎えて先ず寿を賀し、
臘を破って乍(たちま)ち正を開く。

童僕飛レ鳶戯
悠悠雲外鳴

童僕鳶(えん)を飛ばして戯れ、
悠悠雲外に鳴る。

たいへんのんびりした気分がみなぎっているから、明治三年新春の作ではないかといわれる。西郷が明治四年に書いたものがあるので、それ以前の正月で東奔西走時代の明治元年以前のものではなく、二年から四年の間と思われる。大木本は明治四年とする。

田園雑興

梅子金黄肥二稲苗一
牧童趁レ瞑笛声遥
殷殷雷動何辺雨
新漲看看拍二小橋一

（田園雑興）
梅子金黄稲苗(とうびょう)肥ゆ、
牧童瞑(くら)きを趁(お)うて笛声(てきせい)遥かなり。
殷殷(いんいん)たる雷動何れの辺の雨ぞ、
新漲(しんちょう)看(み)る看る小橋を拍(う)つ。

失題

梅天愁態似レ招レ嘲
此夜庖中乏二酒肴一
忽雨忽晴霖雨尽
応レ期明日歩二秦郊一

（失題）

梅天の愁態嘲りを招くに似たり、
此の夜庖中酒肴に乏し。
忽ち雨ふり忽ち晴れて霖雨尽く、
応に期すべし、明日秦郊に歩するを。

梅雨期に京都に居た西郷の作となると、慶応三年と思われる。このころ越前・宇和島・土佐それに薩摩の四侯会同がはかばかしくなかった。多少うっとうしい気分の頃である。

白鳥山温泉寓居雑詠

白鳥山頭涼処眠
起来神爽煮二渓泉一
瀑声松籟洗二塵耳一
占断茅廬一洞天

（白鳥山温泉寓居雑詠）

白鳥山頭涼処に眠り、
起き来って神爽やかにして渓泉を煮る。
瀑声松籟塵耳を洗い、
占断す茅廬一洞の天。

除夜

白髪衰顔非レ所レ意
壮心横レ剣愧レ無レ勲
百千窮鬼吾何畏
脱出人間虎豹群

（除夜）

白髪衰顔意とする所に非(あら)ず、
壮心剣を横たえて勲無きを愧(は)ず。
百千の窮鬼(きゅうき)吾何ぞ畏れん、
脱出す人間虎豹(こひょう)の群。

この詩は明治十年西南戦争勃発直前の詩と伝えられていたが、西郷自筆の書の中に除夜としたものがあることから、その伝えが誤りであることは明らかである。第四句などからたぶん参議辞職後第一の除夜即ち明治六年の除夜の作であろう。

詠史

莫レ道風雲相会難
金剛山下臥龍蟠
天皇一夜蒙塵夢

（詠史）

道(い)う莫(な)かれ風雲相会し難しと、
金剛山下臥龍蟠(わだかま)る。
天皇一夜蒙塵(もうじん)の夢、

南木繁辺御枕安　　南木繁き辺（あたり）御枕（ぎょちん）安し。

南北朝時代笠置山の行在所で後醍醐天皇が、夢の知らせで金剛山千早城に拠る楠木正成を召し、宸襟を安んぜられたことを詩にしたものである。

田園秋興　　（田園秋興）

漠漠黄雲万頃秋　　漠漠たる黄雲万頃（ばんけい）の秋
歓声遠近酸人稠　　歓声遠近酸人（さんじん）稠（おお）し。
夕陽断雁加㆓風景㆒　　夕陽断雁（せきようだんがん）風景を加え、
郊外吟筇得㆓勝遊㆒　　郊外の吟筇（ぎんきょう）勝遊を得たり。

秋の田園風景をよんだもの。夕陽断雁は夕日の中にとぎれとぎれに飛ぶ雁の群のこと。黄金色の田園と夕日をあびた雁の群、秋の景勝である。

富士山画賛

八朶芙蓉白露天
遠眸千里払雲烟
百蛮呼国称君子
為有高標不二巓

偶成

半生行路咲吾非
瀟洒清風入暁幃
請看疎烟短牆処
紅塵離去少炎威

（富士山画賛）

八朶の芙蓉白露の天、
遠眸千里雲烟を払う。
百蛮国を呼んで君子と称するは、
高標不二の巓有るが為なり。

（偶成）

半生の行路吾が非を咲い、
瀟洒たる清風暁幃に入る。
請う看よ疎烟短牆の処、
紅塵離れ去って炎威少きを。

西郷が参議を辞職して帰郷した最初の夏を自宅で迎えた明治七年の作であろう。当時数え年四十八歳の西郷が、役人生活などをしてきたこれまでの半生のつまらなさを悟り、郷里の田園生活のすがすがしさをよんだものである。

夏雨驟冷　（夏雨驟に冷かなり）

板屋雨鳴敲レ夢急　板屋雨鳴って夢を敲くこと急に、
透レ簾風力倍二清秋一　簾を透して風力清秋に倍す。
人間滌尽夜来熱　人間滌い尽す夜来の熱、
自脱二蕉衣一呼二褻裘一　自ら蕉衣を脱して褻裘を呼ぶ。

この詩は同題三首の一である。南国の驟雨の光景を詠じたものである。

温泉途中　（温泉途中）

百里郵程酔後歌　百里の郵程酔後に歌う、
休レ嗤非二昔日経過一　嗤うを休めよ昔日の経過に非ざるを。
喜斯春昼遅遅永　喜ぶ斯の春昼遅遅として永く、

来往尋レ花得レ勝多

夏夜如レ秋

氷輪映レ水水涵レ楼
六月江郷気似レ秋
為レ愛二涼風清夜景一
一宵不レ下翠簾鉤

贈二高田平次郎一

憑レ君識取英雄気
斬レ賊勇肝百倍加
遺策恵投三尺剣
血戦当レ千如二乱麻一

来往(らいおう)花を尋ねて勝(しょう)を得ること多きを。

(夏夜秋の如し)

氷輪水に映じて水楼を涵(ひた)し、
六月江郷気秋に似たり。
涼風清夜の景を愛せんが為に、
一宵下さず翠簾(すいれん)の鉤(こう)。

(高田平次郎に贈る)

君に憑(よ)って識取(しきしゅ)す英雄の気、
賊を斬る勇肝百倍加わる。
遺策として恵投する三尺の剣、
血戦千に当らば乱麻の如くならん。

西郷の二度目の遠島の時、徳之島までは帯刀のままであったが、沖永良部島遠島の時、囲牢に入れられ、刀は没収された。そこで同島詰役の横目高田平次郎が、文久三年四月転出のため島を去る時、西郷出獄の折の用意にと自分の刀を残して西郷に贈ることにした。西郷は非常に喜んで出発前の高田に礼状を認(したた)め、この詩を作って贈った。

温泉寓居近㆓于浴室㆒、放歌乱舞譁、雑沓亦甚。故閉㆑戸而避㆓其煩㆒焉。

（温泉の寓居浴室に近く、放歌乱舞譁(かまびす)しく、雑沓も亦甚し。故に戸を閉して其の煩を避く）

不㆑関㆓非是㆒任㆓人嗤㆒　非是(ひぜ)に関せず人の嗤(わら)うに任す、
閉戸先生何所㆑為　閉戸(へいこ)先生何の為す所ぞ。
朝歩㆓白雲㆒昏発㆑帙　朝(あした)に白雲に歩し昏(くれ)に帙(ちつ)を発(ひら)く、
休㆑言追㆑鹿素心哀　言うを休(や)めよ鹿を追うて素心哀うと。

明治元年末から翌二年初めにかけて日当山温泉に滞在中の作であろう。閉戸先生とは、中国の孫敬（字は文宝）が、常に戸を閉じて書を読み、睡気を催すと縄を頸にかけそれを梁からつるして勉強をつづけ、この名を得た故事をさす。

高崎五郎右衛門十七回忌賦焉　（高崎五郎右衛門十七回忌に賦す）

不ㇾ道二厳冬冷一　厳冬の冷を道わず、
偏憂二世上寒一　偏に世上の寒を憂う。
回ㇾ頭今夜雪　頭を回らせば今夜の雪、
照得断腸肝　照らし得たり断腸の肝。

前掲の詩と同じく高崎の十七回忌に詠じたものである。

寒夜読書　（寒夜読書）

風鋒推ㇾ戸凍身酸　風鋒戸を推して凍身酸たり、
兀坐披ㇾ書雪裡看　兀坐書を披いて雪裡に看る。
蘇武穽中甘ㇾ苦処　蘇武穽中苦に甘んずる処、
慨然読了寸心寒　慨然読み了って寸心寒し。

中国史書を読んだ西郷が、前漢の蘇武の苦節に感じ、自らの幽囚生活を想起してよんだもの。大木本はこれを西郷幽囚中の文久二年か三年の冬の作とするが、沖永良部島で書を雪裡に看るの第二句はやや不適当と思われ、むしろ後年の作とすべきではあるまいか。あるいは寒夜の誇張的表現とみて、沖永良部島での作とすべきか。

偶成

平生忠憤気
磅礴満㆓寰宇㆒
自得安心法
成敗守㆓吾愚㆒

（偶成）

平生忠憤の気、
磅礴（ほうはく）として寰宇（かんう）に満つ。
自得す安心（あんじん）の法、
成敗吾が愚を守る。

示㆓土持政照㆒

平素眼前皆不㆑平
情之相適異㆓時情㆒

（土持政照に示す）

平素眼前皆平かならず、
情の相適する時情と異なり。

偸レ安悖レ義如二仇寇一　安を偸み義に悖るは仇寇の如く、
禁レ欲効レ忠共二死生一　欲を禁じ忠を効して死生を共にす。
余許レ君君也許レ我　余君に許し君也我に許し、
弟称レ兄弟却称レ兄　弟兄を称し弟を却って兄と称す。
従来交誼知何事　従来の交誼知る何事ぞ、
報レ国輸レ身尽二至誠一　国に報いるに身を輸して至誠を尽す。

土持は沖永良部島の島役。間切横目から与人になった。西郷幽囚中親切に世話をし、西郷はその好意に感じ政照と兄弟の約を結んだ。政照の母が政照と共に一日酒肴を携え、西郷の所に来て兄弟の誓いをした。

期友不レ到　（期友到らず）

平素蘭交分外香　平素蘭交分外に香し、
今朝有レ約已斜陽　今朝約有り已に斜陽。

倚レ門倚レ戸相俟久
春夜長二於秋夜長一

門に倚(よ)り戸に倚り相俟(あいま)つこと久し、
春夜秋夜の長きよりも長し。

贈二土持政照一

別離如レ夢又如レ雲
欲レ去還来涙泫沄
獄裡仁恩謝無レ語
遠凌二波浪一痩思レ君

（土持政照に贈る）

別離夢の如く又雲の如く、
去らんと欲して還り来り涙泫沄(げんうん)。
獄裡(ごくり)の仁恩謝するに語無く、
遠く波浪を凌いで痩せて君を思わん。

土持のことは前掲詩参照。西郷は元治元年二月、赦免されて島を去ることになった。その時、在島中非常に世話になった土持に贈った詩である。

暮春送別

暮雨蕭蕭愁態加

（暮春送別）

暮雨蕭蕭(しょうしょう)として愁態(しゅうたい)加わり、

欲レ駆二春意一使二人嗟一
誰知此夜双思涙
明日別レ君又別レ花

春意を駆らんと欲して人をして嗟(なげ)かしむ。
誰か知らん此の夜双思の涙、
明日君に別れ又花に別る。

偶成

暮天帰犢認二廬中一
田婦吹レ炉叱二小童一
堪レ恤農家情転急
不レ禁三県吏責二租工一

(偶成)
暮天の帰(き)犢(とく)廬(ろ)中(ちゅう)に認め、
田婦炉を吹いて小童を叱す。
恤(あわれ)むに堪えたり農家の情転(うたた)急に、
県吏の租(そ)工(こう)を責むるに禁(た)えざるを。

西郷の参議辞職後、武村での作であろう。

賀正

彭祖何希犬馬年

(賀正)
彭(ほう)祖(そ)何ぞ希(ねが)わん犬馬の年、

不レ牽二塵累一握二閑権一
新正祝賀兼レ人異
静誦南華第一篇

塵累に牽かれず閑権を握る。
新正の祝賀人と異なり、
静かに誦す南華の第一篇。

明治八年正月の詩ではないかといわれる。
荘子の第一篇は逍遥遊という篇で、心が外物即ち塵累にとらわれることがなければ、真の逍遥遊を得るという趣旨の文である。

武村卜居作

卜居勿レ道倣二三遷一
蘇子不レ希児子賢
市利朝名非二我志一
千金拋去買二林泉一

（武村卜居の作）

卜居道う勿れ三遷に倣うと、
蘇子は希わず児子の賢。
市利朝名は我が志に非ず、
千金拋ち去って林泉を買う。

西郷が武村にある家老二階堂氏の家屋敷を買った時の作であろう。西郷は誕生地加地屋町から上之園町へ、それから更に武村へ移り住んだので三遷の語が適合するのである。三遷とは、はじめ孟子の母が寺の側に住んでいたら、孟子が葬式の真似ばかりするので、町の中に移転したら商売のまねばかりする。そこで学校の近くに移ったら、今度は孟子が本を読むまねをしたので喜んだという故事をさす。蘇東坡は宋代の大文章家といわれたが、詩を作って朝廷をそしったため、危うく死刑は免れたが、江南の黄州に流された。そこで子が生まれた時、自分は聡明のため一身を誤ったので、子供はむしろ愚魯であって、公卿になることを望むという意味の詩を作った。第二句はこの故事によっている。

弔二関ヶ原戦死一

満野悲風気未レ平
如今鏖殺海東兵
可レ憐三百余年怨
聴二凱歌一忠鬼有レ声

（関が原戦死を弔う）

満野の悲風気未だ平かならず、
如今鏖(おう)殺(さつ)す海東の兵。
憐む可(べ)し三百余年の怨(うらみ)、
凱歌を聴いて忠(ちゆう)鬼(き)声有り。

関が原役で島津義弘の薩摩兵は、石田三成の西軍に味方して徳川方と戦い、勇奮激闘の末敗北、敵前退却の冒険をして辛(から)うじて鹿児島に帰った。薩摩藩の子弟教育ではこの関が原敗戦の苦しみを想起させ、艱難に打ち勝つようにとの教育が行なわれた。戊辰戦役でその徳川軍を打ち破った時、地下にねむる関が原戦死者を弔ったものである。

山中秋夜

夜深秋意動
隣比寂無レ声
幽澗独調レ瑟
松風相和清

（山中秋夜）

夜深くして秋意動き、
隣比（りんぴ）寂として声無し。
幽澗（ゆうかん）独り瑟（しつ）を調ぶれば、
松風相和して清し。

寄二友人某一

野径高低到二草廬一
携二来瓢酒一与レ君娯
誰知吾輩交情篤

（友人某に寄す）

野径高低草廬（そうろ）に到り、
瓢酒（ひょうしゅ）を携え来って君と娯しむ。
誰（たれ）か知らん吾輩交情の篤き、

命㆑駕何曾畏㆓険途㆒　　駕（が）を命ずるに何ぞ曾て険途を畏（おそ）れん。

大木本の註によると、この詩は明治七年秋、西郷が白鳥山温泉から武村の家に帰った折、村田新八の家を訪問した時の詩だという。

閑居偶成　　（閑居偶成）

幽居向㆑晩嫩涼生　　幽居晩に向って嫩涼（どんりよう）生じ、
塵外早知風物清　　塵外（じんがい）早く知る風物の清きを。
昨日奇雲何処去　　昨日の奇雲何れの処にか去る、
梧桐葉上已秋声　　梧桐（ごどう）葉上已に秋声。

温泉即景　　（温泉即景）

幽居夢覚起㆓茶烟㆒　　幽居夢覚めて茶烟（ちやえん）起る、
霊境温泉洗㆓世縁㆒　　霊境の温泉世縁を洗う。

地古山深長若レ晩
不レ聞二人語一只看レ天

地古く山深くして長しなえに晩の若く、
人語を聞かず只天を看る。

この詩は「官途逃去遠捜奇」の詩と同様、明治七年白鳥温泉滞在中の作と伝えられている。

偶成

幽栖却似レ客二天涯一
縁レ底夜来令二我思一
誰識愁情尤切処
膝前遊戯夢二嬰児一

（偶成）

幽栖却って天涯に客たるに似たり、
底に縁ってか夜来我をして思わしむる。
誰か識らん愁情尤も切なる処、
膝前遊戯嬰児を夢みるを。

文久三年三月二十一日沖永良部島から奄美大島龍郷の島役人得藤長宛の書翰に、「此の度は重き遠島故か、年を取り候沙汰か、些か気弱く罷り成り、子共の事思い出され候て、中々のし申さず候。御推計下さるべく候。全躰強気の生れ付きと自分に相考え居り候処、おかしなものに御座候。」とある。おそらくその頃の作であろう。当時龍郷には菊次郎と菊子の二児が居た。

猟中逢レ雨

猟罷荒郊暮色催
憑レ笻九坂独徘徊
雲霧囲レ山行路急
雨帯二狂風一捲レ地来

（猟中雨に逢う）
猟罷んで荒郊暮色催し、
笻に憑って九坂独り徘徊すれば、
雲霧山を囲んで行路急に、
雨狂風を帯びて地を捲いて来る。

奉レ送二菅先生帰郷一

林疎葉尽転傷悲
明発又為二千里離一
細雨有レ情君善聴
替レ人連日滴淋漓

（菅先生の帰郷を送り奉る）
林疎に葉尽きて転傷悲し、
明発して又千里の離を為す。
細雨情有り君善く聴け、
人に替って連日滴る淋漓たり。

これは明治四年十一月旧庄内藩中老菅実秀が、酒田県権参事となって東京を去った時の送別の詩である。同年十一月二日大泉県（旧庄内藩）と松嶺県（旧松嶺藩）を合併して酒田県が誕生した。のち鶴岡県となり九年八月山形県に合併された。菅が西郷に初めて逢ったのは四年春であるが、前年から旧庄内藩主酒井忠篤ら数十人の庄内藩士が、鹿児島に遊学して西郷の教えを受けたこともあり、旧知の如き親交を結んだ。

閑居

累官解得二自由身一
泉石烟霞情転親
温飽従来忘二素志一
清幽長願一閑人

謝二貞卿先生恵一レ茄

麗色秋茄一段奇
依然芳味倚レ君知

（閑居）

累官(るいかん)解かれて自由の身を得、
泉石烟霞(えんか)情転(うた)た親しむ。
温飽(おんぽう)従来素志を忘る、
清幽長く願う一閑人(いちかんじん)。

（貞卿先生茄(なす)を恵まれしを謝す）

麗色の秋茄(しゅうか)一段奇なり、
依然たる芳味君に倚(よ)って知る。

正要レ見二厚情深処一　　正に厚情の深き処を見るを要す、
添賜佳声最悦嬉　　添賜（てんし）の佳声（かせい）最も悦嬉（えつき）す。

貞卿は沖永良部島与人で医師の蘇廷良。

慶応丙寅十月上京船中作　　（慶応丙寅十月上京船中の作）

連歳投レ危十月天　　連歳危きに投ず十月の天、
黒烟南北飛二火船一　　黒烟南北火船を飛ばす。
朝威不レ奮縦二奸計一　　朝威奮（ふる）わず奸計を縦（ほしいまま）にす、
身作二丹楓一散二帝辺一　　身は丹楓（たんぷう）と作（な）って帝辺に散らん。

慶応二年十月十五日、鹿児島から小松帯刀と共に薩藩汽船三邦丸で上京の途上船中で作った詩である。西郷はその前年十月も小松と共に兵を率いて上京した。連年十月に兵を率いて上京するので第一句が生まれた。

送㆔村田新八子之㆓欧州㆒　（村田新八子欧州に之くを送る）

連歳同㆓眠食㆒　　連歳眠食を同じうし、
交情日日親　　交情日日に親し。
豈図今夜夢　　豈図らんや今夜の夢、
忽作㆓隔㆑雲人㆒　　忽ち雲を隔つるの人と作らんとは。

明治四年の秋、宮内大丞村田新八が岩倉大使一行に加わって欧米視察に出る時の送別の詩である。西郷と村田は文久二年共に上京し、その結果共に流謫の厄にあい、元治元年帰還の折、西郷は赦免状の出ていない村田を、喜界島に立寄って連れ帰る等極めて親密な関係にあった。

読㆓田単之伝㆒　（田単之伝を読む）

連子予知攻㆑狄時　　連子予め知る狄を攻むる時、
九旬不㆑下力能支　　九旬下らず力能く支うるを。

由来身貴素懐鑠
吝レ死長遭二児女嗤一

田単は、斉が燕軍に攻められてわずかに莒と即墨の二城を保っていた時将軍となり、燕に奪われていた七十余城を回復した智勇の将軍である。その後田単が燕の狄を攻めた時は、九十日もかかって攻略することができなかった。その時魯仲連が、将軍がかつて即墨に居られた時は、国家危急の際で将軍も士卒も必至の覚悟で奮戦して大勝利を得た。然るに今将軍は安平君となって東に豊かな村あり、西に景勝の山水があって、生きる楽しみがあって死する心がないから勝てないのですといった。この語に感じて田単は間もなく狄を降した。

由来身貴くして素懐鑠け、
死を吝みて長く児女の嗤に遭う。

垂レ釣

廬花洲外繋二軽艘一
手挈二魚籃一坐二短矼一
誰識高人別天地
一竿風月釣二秋江一

（釣を垂る）

廬花洲外軽艘を繋ぎ、
手に魚籃を挈げて短矼に坐す。
誰か識らん高人の別天地、
一竿の風月秋江に釣る。

残菊

老圃残㆓黄菊㆒
風霜独不㆑禁
匹如陶靖節
彭沢宦余心

（残菊）

老圃（ろうほ）黄菊を残し、
風霜独り禁ぜず。
匹如（ひつじょ）す陶靖節（とうせいせつ）の、
彭沢（ほうたく）宦余（かんよ）の心。

児玉天雨の詩会の兼題であったのを、西郷は出席できず欠席通知に菊花数枝を折り、この詩を添えて贈ったもの。明治七、八年の作であろう。

偶成

老夫游猟慰㆓残生㆒
狂矣痴乎踏㆑雪行
獲㆑兎悠然兼㆑犬憩
寒松挺㆑翠暮雲横

（偶成）

老夫游猟して残生を慰め、
狂か痴か雪を踏んで行く。
兎を獲て悠然犬と憩えば、
寒松翠（すい）を挺（ぬき）んでて暮雲横たわる。

兎狩の実況を詠じたもので、老夫とは西郷自身のことをさしているのだろう。

白鳥山温泉寓居雑詠

六月山堂秋意深
不レ知浮世暑威侵
雨余渓響絶二人語一
自覚瑶台近可レ尋

（白鳥山温泉寓居雑詠）

六月山堂秋意深く、
知らず浮世(ふせい)暑威(しょい)の侵すを。
雨余の渓響(けいきょう)人語を絶ち、
自(おのずか)ら覚ゆ瑶台近くして尋ぬべきを。

大木本によって題名をつけたが、大成本では「此の詩は霧島山中の作ではないかと思われる」と断定を避けている。

温泉寓居雑吟

六月涼風気似レ秋
携二来蕉扇一乞二帰休一

（温泉寓居雑吟）

六月涼風気秋に似たり、
蕉扇(しょうせん)を携え来って帰休を乞う。

今宵暗結瀛洲夢
無㆔復蚊声繞㆓枕頭㆒

今宵暗に結ぶ瀛洲(えいしゅう)の夢、
復(また)蚊声(ぶんせい)の枕頭を繞(めぐ)る無し。

大木本は明治七年夏白鳥山温泉の詩ではないかとしている。

乃木希典

中央乃木会編『乃木将軍詩歌集』に拠る

漢詩

明治八年

男子功名幾月忙
出身碌々四星霜
哀虫断雁梧桐雨
更使レ感二吾鉄石腸一

男子功名幾月か忙(あわただ)し
出身碌々四星霜
哀虫断雁梧桐(だんがんごどう)の雨
更に吾が鉄石の腸に感ぜしむ

明治四年十一月二十三日、二十二歳の若さで陸軍少佐に任官した乃木文蔵は、翌月、希典と改名し、東京、上田、名古屋、金沢と任地を転々とした後、明治七年九月十日陸軍卿伝令使（陸軍大臣秘書）に任ぜられた。
この詩は、明治八年九月十八日の日記に記載されている。

明治九年

有レ梅蕾将レ綻　梅有り蕾将に綻びんとす
有レ剣鋭未レ試　剣有り鋭さは未だ試みず
他日陽春節　他日陽春の節
向レ誰示二利器一　誰に向かってか利器を示さん

一月十九日の作、この日、熊本鎮台司令長官野津鎮雄少将の招宴に出席した乃木少佐は大酔し、興にまかせてこの詩を詠んだ。従って、韻も踏んでいないし、平仄も正しくない。併し、意気軒昂たる青年聯隊長の心情がよく現れている。
一月十日乃木少佐は熊本鎮台より呼び出しがあって、同日出発、十二日夜熊本着、二十日まで滞在している。おそらく江華島事件に関連した出兵問題についての協議と思われる。

于レ酒于レ飯両相宜
風流人家必所蔵
待合朝酌船夕閨
友情一片海苔香

酒に飯に両（ふた）つながら相宜（よろ）し
風流の人家必ず所蔵す
待合の朝酌（ちょうしゃく）船の夕べの閨
友情の一片海苔（のり）香る

苦由レ楽来楽生レ苦
因果応報定難レ争
品行方正厳君子
亦是前身遊冶郎

苦は楽に由って来り楽は苦に生ず
因果応報は定まりて争い難し
品行方正の厳君子も
亦是前身は遊冶郎（ゆうやろう）

両詩共に二月一日の日記にある。日記の末尾に「新海苔ヲ送ル、詩アリ」としている。二十七歳の独身聯隊長の生活、現代風に言えばまさに独身貴族と言うべきか。

陸軍卿伝令使（陸軍大臣秘書）であった前任地の東京では相当遊んだようであるが、聯隊長ともなれば、その行動も自粛せざるを得なかったであろう。

また、両詩共に日頃の感慨を日記に託したものだけに、韻、平仄共に適合していないが当時の生活及び心境の一端を窺い得て面白い。

団欒画レ地説二山川一
燎火煙斜欲レ曙天
就裡一人倚レ剣立
回看残月影低辺

三軍衝入江花湾
八道軟風旗影間
鴨緑江頭飲二吾馬一
剣芒指点満洲山

団欒（だんらん）地を画して山川を説く
燎火の煙は斜にして曙（あ）けんと欲するの天
就裡（しゅうり）一人剣に倚（よ）って立ち
回看す残月の影低き辺（あたり）

三軍衝き入る江花湾
八道の軟風旗影の間
鴨緑江頭吾が馬に飲（みずか）い
剣芒（けんぼう）指点す満洲の山

以上二詩は、二月十六日の作、江華島事件に際し、出兵待機中の心境を歌ったもの、心は既に大陸に飛んでいる。

連日春雨難レ習レ陳
地図閲尽対二瓶梅一
不レ堪二無事一又呼レ酒
且嗅二清香一挙二一杯一

連日の春雨陳(じん)を習い難し
地図閲し尽し瓶梅(へいばい)に対す
無事に堪えず又酒を呼ぶ
且(しばら)く清香を嗅ぎ一杯を挙ぐ

前二詩を作った翌二月十七日の作。髀肉の嘆に堪えない心境をうたっている。

相対無レ言酒共傾
多情却是似二無情一
不レ知何日清明節
楊柳桜花奈二此生一
与レ君相対酒頻傾
吐二露肝胆一各竭レ情

相対し言無し酒共に傾く
多情却(かえ)って是無情に似たり
知らず何れの日か清明の節
楊柳桜花此の生を奈(いかん)せん
君と相対し酒頻りに傾く
肝胆を吐露し各(おのおの)情を竭(つ)くす

他日功名第一業　　他日の功名第一の業
向レ人自説有二先生一　　人に向いて自ら説く先生有り

両詩共に出兵待機中の二月二十日の作。「多情却是似無情」は将軍の終生好まれた文句である。

疾視猛然期二上翔一　　疾視猛然として上翔を期す
不レ省燕雀望二西方一　　省みず燕雀の西方を望むを
東風花柳清明節　　東風花柳清明の節
遠追二大鵬一入二異郷一　　遠く大鵬を追うて異郷に入らん

二月二十九日の作。果して大陸に渡れるのかどうか、日韓会談の成否をかたずをのんで待つ心境を詠んだもの。

大鵬は現在朝鮮に派遣されている彼の恩人黒田清隆を指すのか。異郷は当然朝鮮であろう。

乃木少佐は黒田の推挙により陸軍に入ったという経緯がある。

絶無行雁又驚翔　　絶えて無し行雁又驚きて翔ぶこと
旗影高低水一方　　旗影高低水一方
白雪去年銀世界　　白雪去年銀世界
菜花今日黄金郷　　菜花今日黄金の郷

蓬桑素志是平常　　蓬桑の素志是平常
今日西天定㆓一方㆒　　今日西天一方を定めんとす
八道丁男応㆓驚眩㆒　　八道の丁男応に驚眩すべし
金縷数条此徽章　　金縷数条此の徽章

両詩共に二月二十九日の作。
戦わずして既に敵を呑んでいる乃木聯隊長の気概がうかがわれる詩である。

文史功成顔色高　　文史功成りて顔色高し

将軍胸裡奈㆓英豪㆒　　将軍の胸裡英豪を奈（いかん）せん
秀彦峰聳陰雲悪　　秀彦（しゅうげん）の峰聳えて陰雲悪（けわ）し
玄海風濤自怒号　　玄海の風濤自（おのずか）ら怒号す

三月一日の作。江華島事件が平和裡に解決し、韓国出兵の機を逸した心情をうたったものか。文吏は韓国に派遣された黒田中将以下の使節、将軍は黒田中将である。

この日の乃木日記に「平吉ヨリ電報、玉浦丸ノ帰朝ヲ告グ（中略）高島中佐来倉、和ノ成ルヲ聞ク有レ詩」とあって次にこの詩が書かれている。「将軍の胸裡英豪を奈せん」の句は三月六日の日記には「百千の士卒徒労を奈せん」と書き改められている。

同日午後青山大隊長等来り、共に酒をのんだ際、青山大尉が次の詩を詠んだ。

光武空しからず厳として子在り
胸中語らず月涼々
知らず夢覚む梅窓の下
春風に到らず国香を奈せん

これに和して乃木聯隊長は次の詩を作っている。

日夜練兵磨㆓国光㆒　日夜練兵国光を磨く
十千士卒気揚々　十千の士卒気揚々
桜花彫出金鉛子　桜花彫出す金鉛子（きんえんし）
何日東風万里香　何れの日か東風万里の香（かおり）

江華島事件の平和解決で、平素の訓練の成果を発揮する機会を失したが、何時の日かまた我が武威を輝かすこともあろうかと歌ったもの。

満郊麦緑菜花黄　満郊麦は緑に菜花は黄なり
風暖落梅春日長　風暖落梅春日長し
旅情忽遺㆓却人事㆒　旅情忽（たちま）ち人事を遺却す
笑看燕雀争㆓飛揚㆒　笑うて看（み）る燕雀の飛揚を争うを

乃木少佐は野津少将の命により、三月九日小倉を出発して久留米から南関（三池の近郊）を経て十一日熊本に着いた。

この詩は、十日久留米を出発して筑紫平野を過ぎるときに詠んだものである。春ののどかな風景に対比して当時の複雑な人間関係を詩に託したのであろうか。当時、同門の先輩、前原一誠は野にあって、中央の木戸・山県等と対立していた。併し、春ののどかな旅情は複雑な人事問題もすっかり忘れさせてしまった。

夢魂乗ㇾ月訪ㇾ君去　　夢魂月に乗じ君を訪ねて去(ゆ)く
馬上徘徊桃李村　　馬上徘徊(はいかい)す桃李の村
花下相逢遥相笑　　花下相逢って遥かに相笑う
銀鞭斜揖互無言　　銀鞭(ぎんべん)斜に揖(えしゃく)し互に無言

この漢詩は、前記の詩と同日の作である。明るくロマンチックな青春時代の軍人詩人乃木の姿が彷彿として浮かんでくる。

公用渡ㇾ関自路開　　公用関を渡らば自(おのずか)ら路開けしを
借財此節首難ㇾ回　　借財此節首回り難し

頂戴月給以攘レ遺　　頂戴の月給以て遺(のこり)を攘(はら)えば
調度是而手一杯　　調度是にて手一杯

三月十七日の日記に「狂体ヲ以テ詠ム」とある。

海棠花様后姫風　　海棠(かいどう)の花様后姫(こうき)の風あり
与二俗李凡桃一不レ同　　俗李凡桃と同じからず
皆是愛レ君貴二嬌艶一　　皆是君を愛し嬌艶を貴ぶ
恰如三来レ土撰二誠忠一　　恰(あたか)も土に来たる誠忠を撰ぶが如し

三月十九日の日記にある。江華島事件の出兵待機の緊張が解けて、海棠の花のあでやかさをたたえた風流人の一面をおもわせる詩である。

噪禽狂蝶懶二一笑一　　噪禽(そうきん)狂蝶一笑を懶(おこた)る
花木香卉無二好仇一　　花木香卉(こうき)好仇(こうきゅう)無し

欲レ待瑶蟾語二真意一　　待たんと欲す瑶蟾（ようせん）真意を語る
依レ誰伝説此心胸　　誰に依りて伝え説く此の心胸

三月十九日の作。

猛将旗下率二強兵一　　猛将旗下強兵を率い
百戦功成佐賀城　　百戦功成る佐賀の城
今日春風尋二往事一　　今日春風往時を尋ぬれば
旭陽山下鳥無レ声　　旭陽（きょくよう）山下鳥に声無し

三月二十六日の作。この日、親友児玉源太郎少佐らと会し、一昨年の佐賀の乱を思い、児玉らの武功を偲んだもの。
猛将は、当時の官軍の指揮官野津少将、旭陽山は朝日山のことで佐賀の乱の戦場、児玉少佐は佐賀の乱で奮戦負傷した。

尾涼原頭朝練レ兵
虎龍陣勢堅如レ城
馬蹄踏レ緑塵不レ起
号令粛然剣有レ声

尾涼原頭朝に兵を練る
虎龍の陣勢堅きこと城の如し
馬蹄緑を踏みて塵起らず
号令粛然剣に声有り

これも前詩と同日の作。乃木聯隊は三月二十日兵営を出発し、佐賀平野で演習を行っていた。当初聯隊内の大隊対抗演習、次いで二十八日熊本の第十三聯隊と対抗演習を行っている。

飄泊無為廿六年
壮心時又自蕭然
海棠開落好春事
付二与他人一独自眠

飄泊無為廿六年
壮心時又自ら蕭然たり
海棠開き落つ好春の事
他人に付与し独り自ら眠る

前記二詩とともに、三月二十六日の日記に記載されている。

一曲角吹起
移レ軍桃李村
堂々此威勢
応レ圧二大乾坤一
白梅花零処
小渓水有レ香
愛惜春将レ尽
不レ厭両鬢霜

一曲角吹(かくすい)起る
軍を移す桃李の村
堂々たり此の威勢
応(まさ)に大乾坤を圧すべし
白梅花の零(お)つる処
小渓水香有り
愛惜す春将(まさ)に尽きんとするを
厭わず両鬢(りょうびん)の霜を

両詩共に、前記の演習間の作で、二十七日の日記にある。

第二大隊長青山朗大尉の作詩にこたえたもの。

「厭わず両鬢の霜」は青山大尉の詩の中の「満庭花落ち新霜を布く」の句にこたえたものか。

晩春をいとおしむ乃木聯隊長の感傷的な一面をうかがわせている。

無識無方自所レ安
豪然占レ位上長官
断腸冷汗不二他事一
廿八字詩銘二我胆一

無識(むしき)無方自ら安んずる所なり
豪然位を占む上長官
断腸冷汗他事ならず
廿八字の詩我が胆に銘ず

三月二十八日の日記の末尾に「昨夜青山ノ詩アリ、朝之ニ答フ」とあって青山大尉の次の詩をかかげたあとにこの詩がある。「英雄策建方寸安　功若不レ成奈二此官一　閲尽図書腸将レ断　不レ知顧レ敵渥二寒胆一」

春色今将レ去
恨深談笑中
阿兄何忍耐
奈二此落花風一

春色今将(まさ)に去らんとす
恨深し談笑の中(うち)に
阿兄何ぞ忍耐す
此の落花の風を奈(いかん)せん

阿兄忍耐自居レ安
鋭意不レ憐此小官
血涙敢攀留二馬尾一
恨レ君天性剛肝胆

阿兄忍耐し自ら安きに居る
鋭意憐まず此の小官
血涙敢(あえ)て攀(のぼ)り馬尾を留む
君を恨む天性剛肝胆なるを

両詩共に四月二日の作で、部下の第一大隊長津下弘少佐の詩にこたえたもの。阿兄は津下少佐。

進攻退守任二機宜一
男子成功自有レ時
文武同官苦二無事一
酒杯空祝太平基

進攻退守は機宜に任す
男子の成功自(おのず)ら時有り
文武同官無事に苦しむ
酒杯空しく祝す太平の基(もとい)

四月五日の作。

儒曰是仁仏曰空
兵家雄略独無レ窮
磊々落々豪吐レ気
不レ似恭謙君子風

酔夢醒来四座空
清閑幽適意何窮
追二懐往事一有レ感処
独掲二破簾一立二晩風一

両詩共に四月二十七日の日記にある。

新緑満園気味清
孤亭煙雨聴二蛙鳴一

儒曰く是仁仏曰く空
兵家の雄略独り窮り無し
磊々落々（らいらいらくらく）豪にして気を吐く
似ず恭謙君子の風

酔夢醒め来れば四座空なり
清閑幽適意何ぞ窮らん
往事を追懐し感有る処
独り破簾（はれん）を掲げ晩風に立つ

新緑満園気味清し
孤亭煙雨蛙鳴（あめい）を聴く

官私何又改㆓天性㆒
南北同為閣々声

官私何ぞ又天性を改めん
南北同(とも)に為す閣々の声

四月二十九日の作。

大鵬振㆑翼乾坤狭
万里長空付㆓一翔㆒
勃海浜君須㆓思起㆒
彩雲富嶽正朝陽

大鵬(たいほう)翼を振い乾坤狭し
万里の長空一翔(いっしょう)に付す
勃海の浜君須(すべか)らく思い起すべし
彩雲富嶽正に朝陽なり

五月二日の日記にある。
この日清国に赴任する、先輩福原和勝大佐を下関に見送っている。詩の中の君は福原大佐を指していると思われる。

微酔鳴㆑鞭出㆓市門㆒

微酔鞭を鳴らして市門を出ず

徘徊忘レ暮柳楊林　　徘徊暮を忘る柳楊の林
帰来任レ馬不レ迷レ路　　帰り来り馬に任せて路に迷わず
回レ首東山看二月痕一　　首（こうべ）を回（めぐ）らせば東山に月痕（げっこん）を看（み）る

五月七日の日記に「小酌後騎シテ曾根村（小倉市曾根）ニ至ル。帰路有レ詩」とある。

旗影払レ雲喇叭鳴　　旗影雲を払い喇叭（らっぱ）鳴る
碧流緑樹福岡城　　碧流緑樹福岡の城
太平今日真耶否　　太平今日真か否か
玄海風濤無二怒声一　　玄海の風濤怒声無きも

六月四日の作。明治新政府成立してまだ数年、政情は不安定で嵐の前の静けさのような国内情勢に思いをよせている。

赤間険峡国西門　　赤間（あかま）の険峡は国の西門

水色峰容亦雅嫺
一月幾回来眺望
多情悩㆑我此江山

六月十一日の作。

有㆑馬無㆑由㆑試㆓鉄鞭㆒
陰霖正是黄梅天
机辺終日一瓢飲
書籍堆中曲㆑臂眠

六月十八日の作。

雲不㆓動揺㆒水不㆑流

水色峰容も亦雅嫺(がかん)なり
一月に幾回(いくたび)か来り眺望す
多情我を悩ます此の江山

馬有るも鉄鞭(てつべん)を試みるに由無し
陰霖(いんりん)正に是黄梅の天
机辺終日一瓢の飲
書籍堆中(たいちゅう)臂(ひじ)を曲げて眠る

雲は動揺せず水流れず

絃声遠来在二木蘭一　　絃声遠く来り木蘭に在り
舟子規一月無レ影　　舟子規一月に影無く
蘆荻緑深三叉洲　　蘆荻(ろてき)緑深し三叉洲

六月二十日の作。

必定功名如二夢幻一　　必定功名夢幻の如し
理窮万物渾虚無　　理窮れば万物渾(すべて)虚無なり
斗瓢盈レ酒廐肥レ馬　　斗瓢(とひょう)酒を盈(みた)し廐(うまや)に馬を肥やす
即是先生最良図　　即ち是先生最良の図

六月二十二日の作。武司任重氏の詩に答えたもの。先生は武司氏。

杜宇促レ帰叫　　杜宇(とう)帰りを促して叫ぶ

流連梅雨天　　流連梅雨の天
宿醒不レ堪レ欝　　宿醒(しゅくせい)欝に堪(た)えず
一日似二三年一　　一日三年に似たり

六月二十五日の日曜日に詠む。前熊本鎮台司令長官野津鎮雄少将を下関に見送った翌日の作。斗酒なお辞せずの酒豪も昨日の酒はよほどこたえたと見える。

非レ有二征韓万里行一　　征韓万里の行有るに非(あら)ず
太平楽事却多忙　　太平の楽事却(かえ)って多忙
兵書読罷会二親友一　　兵書読み罷(や)め親友と会す
烏鷺戦場又競レ強　　烏鷺(うろ)戦場又強を競う

六月三十日の日記に記載。
「余昨日酔吟アリ」としてこの両詩がある。
あとの詩は、小倉市遠明寺住職田中芝玉氏を訪ね、田中氏の詩にこたえたもの。

細雨横斜送二夕陽一
閑雲断続鎖二山堂一
主人不レ語客又黙
詩酒同レ情興味長

霏々梅雨冷
楼上絃声微
応レ有二留連客一
杜鵑啼促レ帰

七月二日の作。

登来拝二古塚一
過半是旧知

細雨横斜(おうしゃ)して夕陽を送る
閑雲断続して山堂を鎖(とざ)す
主人語らず客又黙す
詩酒情を同じくし興味長し

霏々(ひひ)として梅雨冷ゆ
楼上の絃声微(かす)かなり
応(まさ)に留連の客有るべし
杜鵑(とけん)啼いて帰るを促す

登り来て古塚(こちょう)を拝す
過半は是旧知なり

攀レ石立多時　　石に攀（よじ）て立つこと多時
低回不レ忍レ去　　低回去るに忍びず

七月十三日、維新の戦いに殉じた人々を祭る下関市桜山の招魂場に参詣した折の作。祀られている人の大半は皆旧知の人々である。

水善寺辺登二水楼一　　水善寺の辺水楼に登る
清流緑樹午風涼　　清流緑樹午風涼し
泉源何処美人浴　　泉源は何処（いずこ）ぞ美人浴す
定洗二欝金一水有レ香　　定めし欝金（うこん）を洗い水香あらん

七月二十三日日曜日、熊本出張中の日記に「万八楼ニ登ル、小酌、隣楼京町ノ妓来ル、三名水ニ欲スルヲ見ル、有レ詩」とある。

女装誅レ賊少年身　　女装賊を誅す少年の身

胆略勇謀力如レ神
他日伊吹山下恨
護身宝剣属二誰人一

胆略勇謀力神の如し
他日伊吹山下の恨
護身の宝剣誰(た)が人に属す

七月二十八日、熊本から小倉への帰途、柳河に宿泊した際の作詩。同日の日記に「日夕柳河ニ至リ、荒木屋ニ泊ス。祇園祭ノ前備甚繁華ナリ、街灯ノ絵ニ日本武尊女装シテ川上梟師(たける)ヲ誅スルヲ見ル。感有リ」としてこの詩がある。景行天皇の皇子小碓命(おうすのみこと)は九州の熊襲(くまそ)の首領川上建の館に女装して忍びこみ、建を刺して熊襲を平げた。建は命の武勇に驚き臨終の息の下から「やまとたける」の称号を命に奉った。後年、日本武尊は東国蝦夷征伐からの帰途、伊吹山の賊を討った後、故郷大和を目前にし病におかされて薨ぜられた。

査吏猛レ於レ虎
職権彼一時
水楼夕暉赫

査吏(さり)虎よりも猛し
職権彼一時
水楼夕暉(せっき)赫(かく)たり

閑却幾猫児

八月十八日の作。

満江白露夢魂湿
起坐蓬窓残月微
一曲琵琶不レ知レ処
何船載二得美人一帰
如レ雲富貴易二翩飜一
唯有二千年功業尊一
名義自為二我安所一
男児畢竟死無レ門

右の両詩八月十九日の日記に記載。

閑却す幾猫児(いくびょうじ)

満江の白露夢魂湿う(うるお)
起坐すれば蓬窓(ほうそう)に残月微(かすか)なり
一曲の琵琶(びわ)処を知らず
何れの船か美人を載せ得て帰る
雲の如き富貴は翩飜(へんぽん)たり易し
唯千年功業の尊き有り
名義自(おのずか)ら我の安んずる所となす
男児畢竟(ひっきょう)死するに門無し

秋社視二万歳一
神慮定若何
田禾未二全収一
早已酔人多

豊歳真豊歳
担レ禾穂払レ踵
十間相近視
皆是幼稚童

秋社万歳を視る
神慮定めし若何(いかん)
田禾(でんか)未だ全くは収らざるに
早くも已に酔人多し

豊歳真(まこと)に豊歳
禾を担えば穂は踵を払う
十間相近く視れば
皆是幼稚の童

十月八日、日曜日、晴。人力車を雇い、単身平服で行橋町付近まで散策を試みている。収穫期の農村の民情、風物が名文で詳細にこの日の日記に記述されており、その末尾に右の両詩がある。

この頃、萩の前原一誠ら挙兵の機熟し乃木聯隊長のもとにも令弟正誼を通じ、さかんに勧誘があった。

この日の散策はそれらの憂さを晴らすためのものか。

嗜レ酒従来不レ識レ愁
酔郷心事常悠々
三更夢覚哀虫寂
初解人情難レ勝レ秋

酒を嗜みて従来愁を識らず
酔郷の心事常に悠々
三更夢覚むれば哀虫寂たり
初めて解す人情秋に勝え難きを

秋霜一夜夢難レ成
孤枕衾冷感慨生
時有二庭松宿鴉噪一
軒端落月眠窓明

秋霜の一夜夢成り難し
孤枕衾冷えて感慨生ず
時に庭松の宿鴉噪ぐ有り
軒端の落月眠りの窓に明るし

この二篇は十月十八日の作。郷党の先輩前原一誠の挙兵に加われとの実弟玉木正誼の要請を斥けて袂別したのが同月八日の夜である。大義親を滅すと雖も骨肉の情なお断ち難き苦衷をこの詩に託したのである。

明治十年（西南戦争）

欲レ立二功名一男子情
宜下将二義勇一争中功名上
功名常在二難艱裡一
安レ地勿レ求功与名

一月十五日の作。

尋レ梅有レ詩

氷心玉骨歳寒姿

功名を立てんと欲するは男子の情
宜しく義勇を将って功名を争うべし
功名は常に難艱の裡に在り
地に安んじて求むる勿れ功と名と

梅を尋ね詩あり

氷心玉骨歳寒の姿

欲レ折二一枝一下レ手遅　　一枝を折らんと欲し手を下すこと遅し
新月黄昏疎竹外　　新月黄昏疎竹（そちく）の外
清香深処立多時　　清香深き処立ちて多時なり

この頃、鹿児島の風雲急をつげ、二月五日の日記に「熊本鎮台ヨリ隠語電報、鹿児島ノ乱兆ヲ報ズ」と書かれている。

また十一日の日記には「夜、豊永警部ヨリ来書、鹿児島ノ事ヲ報ズ、今暁四時三十分第一大隊第一中隊出発ス」（註、長崎分屯のため）とあってこの詩がある。

枕上空留粘血刀　　枕上空しく留む粘血の刀
壮心抱レ剣気愈豪　　壮心剣を抱き気愈（いよいよ）豪なり
無レ為今夜熊城雨　　為す無し今夜熊城（ゆうじょう）の雨
又有三友人湿二戦袍一　　又友人の戦袍（せんぽう）を湿らす有り

薩軍に包囲された熊本城の救援作戦が、薩軍の頑強な抵抗に阻まれ思うように行かない焦燥感をうたったもの。

我為二軽傷一無二酒禁一　我は軽傷の為酒禁無きも
唯厭垢塵満二衣衾一　唯厭う垢塵（こうじん）の衣衾（いきん）に満つるを
梅花黄鳥多レ感処　梅花黄鳥感多き処
況又先生有二此吟一　況（いわ）んや又先生此吟有るを

先生は乃木聯隊の小隊長摺沢静夫少尉（後の中将）で二月二十三日の稲佐の激戦で聯隊長の危急を救い負傷入院した。その摺沢少尉の詩にこたえたのがこの詩であるが先輩福原大佐への三月七日付書簡中にこの詩が記述されている。なお、少尉は次のように詠じている。「身傷二炮煩一憾難レ禁　蓐裡旬余擁二枕衾一　黄鳥独恣風日好　梅花枝上転高吟」

転戦後肥山又川　転戦す後肥（こうひ）の山又川
身傷不レ死却怨レ天　身傷つくも死せず却（かえ）って天を怨む
嗟吾薄命与レ誰語　嗟（ああ）吾が薄命誰と語らん
泣読二功臣烈士伝一　泣いて功臣烈士の伝を読む

二月二十七日の高瀬付近の激戦で負傷した乃木聯隊長は翌二十八日、久留米野戦病院に後送されたが、その入院中の作である。

二月二十二日の激戦に、聯隊旗手の河原林少尉が戦死して軍旗を奪われた。その汚名を雪ごうと奮戦してきたが、武運に恵まれなかったその苦悩をうたっている。

那知山水木留花　　那知（なち）の山水木留（きどめ）の花
幾箇征人感慨多　　幾箇の征人感慨多し
況此今宵月明好　　況（いわ）んや此れ今宵月明好し
識誰横レ戟作二詩歌一　　識る誰か戟（げき）を横たえて詩歌を作るを

那知は田原坂の南方、木留は吉次峠の東方に在る村落。二月下旬から四月初めにかけてこの地区で南進する官軍主力とこれを迎撃する薩軍の間で激戦が展開された。

団欒笑語彼何者　　団欒（だんらん）笑語する彼何者ぞ
話到二京城花月間一　　話は京城の花月の間に到る

我有レ所レ思　抱レ剣睡　　我は思う所有り剣を抱きて睡れば
夢魂飛上判功山　　夢魂飛んで上る判功山(はんこうざん)

判功山は半高山。吉次峠北側の高地、官薩両軍の激戦場。
「我は思う所有り」とは、病院を脱走し戦線復帰の決意を意味するものと思われる。

指揮刀閃破ニ暁雲一　　指揮刀は閃きて暁雲を破り
競進兵如ニ狂瀾翻一　　競い進む兵は狂瀾(きょうらん)の翻(ひるがえ)るが如し
立ニ馬判功山上一見　　馬を判功山上に立てて見れば
先鋒已入李花村　　先鋒已に入る李花の村

熊本城を目指して南下する官軍の救援作戦も漸く順調となった様子をうたっている。

対敵三旬戦百回　　対敵三旬戦い百回
肝胆甑大生レ毛来　　肝胆甑大(しょうだい)毛を生じ来る

弾丸雨注菜花畝　　弾丸雨注す菜花の畝(あぜ)
酔臥枕レ刀鼾似レ雷　　酔臥刀を枕にすれば鼾雷(かんらい)に似たり

百戦練磨の士、豪放乃木聯隊長の面目躍如たるものがある。

世間誰不レ答二絃歌一　　世間誰か絃歌に答えざらん
兵馬塵中又奈何　　兵馬塵中又奈何(いかん)せん
鉛雨硝煙蕭条後　　鉛雨硝煙蕭条(しょうじょう)の後
風流心事誰尤多　　風流心事誰か尤も多き

六月二十日の作。
この日、児玉少佐（源太郎、後の陸軍大将）前線より帰還し、鎮台参謀、別役成義少佐（後の陸軍少将）と三人で酒を飲んだとき、児玉少佐の次の詩にこたえたもの。「錦城昼静唱二凱歌一　満目山川定奈何　早鎖二門関一春不レ入　風来寂々落花多」

北街南陌多㆓歌舞㆒
強卒猛将涎欲㆑流
払㆓尽賊軍㆒有㆓余勇㆒
大刀金帽上㆓妓楼㆒

北街南陌（なんばく）歌舞多し
強卒猛将涎（せん）流れんと欲す
賊軍を払尽して余勇あり
大刀金帽（きんぼう）妓楼に上る

六月二十五日の日記に「島地黙雷ノ詩ヲ見テ戯レニ韻ヲ示ス」とあってこの詩がある。この頃、人吉盆地の平定作戦は一段落し、薩軍は都城付近に後退していた。戦後の熊本市の状況を黙雷は「車夫酔い倒れ、担夫舞う。長六橋の辺酒流るるに似たり、戦後誰か知る異様あるを、草蘆到る処総て青楼」とうたっている。

翌二十六日の日記には次の詩がのっている。

鮮血砲烟未㆓全消㆒
此間早已多㆓風流㆒
酔帰人自㆓何辺㆒到
非㆓一日亭㆒鱗開楼

鮮血砲烟未だ全ては消えず
此の間早くも已に風流多し
酔うて帰る人何辺（いずくのへん）より到る
一日亭に非（あら）ず鱗開楼（りんかいろう）

鎮台司令長官谷少将から示された詩に答えたもの。少将は「弦歌已に上る焼残楼」とうたっている。戦後の復興先ず色街から始まるは古今東西みな軌を一にしている。一日亭は当時行きつけの料亭である。

其葉蓁々夏已遅
正過彼楼有レ梅時
黄鸝一去不二帰到一
烏鵲亦無二可レ寄枝一

其葉蓁々（しんしん）として夏已に遅し
正に過ぐ彼の楼梅有るの時
黄鸝（こうり）一たび去りて帰り到らず
烏鵲（うじゃく）も亦寄るべき枝無し

六月二十九日の日記にある。

阿蘇山上殷其雷
苦熱幾人顔色開
忽覚前村有二過雨一

阿蘇山上殷（いん）たる雷
苦熱幾人か顔色開く
忽（たちま）ち覚ゆ前村過ぐる雨有り

涼風一陣自レ東来　　涼風一陣東より来る

七月十八日熊本における作。この頃、薩軍は宮崎県の都城付近にあり、官軍主力は逐次包囲網を狭めつつあった。

戦後過二安楽寺山一偶成　　戦後安楽寺山を過ぎ偶成

此地鉄蹄幾往還　　此の地鉄蹄（てってい）幾往還

当時身在二戦塵間一　　当時身は戦塵の間に在り

軽車今日来馳眺　　軽車今日来り馳せ眺むれば

曾是単刀逐レ敵山　　曾て是れ単刀敵を逐いし山

安楽寺山は田原坂の東北に在り、木葉山の一角である。二月二十三日（植木の戦いで軍旗を失った翌日）この付近で薩軍と激戦を交え、第三大隊長吉松秀枝少佐以下多数の部下が戦死したが、よく薩軍の北上を阻み、二十六日官軍主力の増援を得るや反撃に転じ一挙に田原坂を占領した。併し、三好旅団長の厳命により、田原坂は放棄された。

西南役後過㆓田原㆒

西南の役後田原（たばる）を過ぐ

田原一望秋将㆑老
田原一望秋将（まさ）に老いんとす

新戦場荒草木摧
新戦場荒れて草木摧（くだ）く

忽見村童三両四
忽（たちま）ち見る村童三両四

砂中拾㆓得弾丸㆒来
砂中弾丸を拾得し来る

田原坂は、熊本市の西北十四粁、西南の役における最大の激戦地で、三月四日から三月二十日まで、官薩両軍が死闘を演じた。
以上二篇の詩は、西南の役後、熊本鎮台参謀当時の作と思われる。

明治十一年

去年討伐事頻々
去年討伐事頻々（ひんぴん）

万物今朝与㆑歳新
万物今朝歳と与（とも）に新なり

試筆等閑脩二戦記一
吾身即是死余民

試筆等閑に戦記を脩(おさ)む
吾身即ち是死余の民

一月一日の作。多事多難であった昨年を回顧し当然西南戦役で死ぬべき身が今なおながらえていることに感慨をこめてうたっている。
同日次の作もある。

東西南北紛々余
二十四番歳又除
多事身生無二定処一
戊寅此会二於誰居一

東西南北紛々の余
二十四番歳又除く
多事身生(しんせい)定まる処無し
戊寅(ぼいん)は此れ誰の居に会するや

屠蘇一酔

酔夢眠転困二心閑一

屠蘇一酔

酔夢眠り転じて心閑に困(くる)しむ

琴筑声忙夢始還
起坐推㆑窓是簷滴
模糊更好雨中山

琴筑(きんちく)の声忙しく夢始めて還(かえ)る
起坐窓を推せば是簷滴(えんてき)
模糊(もこ)更に好し雨中の山

一月二日の作。
この日の日記には小酌、飲、大酔の文字がしばしば見える。

両三相伴到㆓山阿㆒
此地已看㆓春意多㆒
空使㆔風流属㆓詩酒㆒
唯恐㆔尽日背㆓梅花㆒
今日雨初攸
探梅事雅遊

両三相伴い山阿に到る
此地已に春意の多きを看(み)る
空しく風流をして詩酒に属せ使(し)めば
唯尽日梅花に背くを恐る
今日雨初めて攸(ゆう)
探梅事雅遊なり

白雲香馥郁
池水影清幽
美酒添㆓情味㆒
佳人扶㆓献酬㆒
家翁勧㆓管絃㆒
欲㆑去且暫留

白雲香馥郁（ふくいく）として
池水影清幽なり
美酒情味を添え
佳人献酬を扶（たす）く
家翁管絃を勧め
去らんと欲するも且暫（しばらく）留る

一月五日、新年宴会後、谷少将はじめ熊本鎮台の幕僚一同と打ち揃って梅見に行ったときの作。

余送㆓宍戸正輝㆒
去年風雲蔽㆓熊城㆒
梅柳迎㆑春天始晴

余宍戸正輝を送る
去年風雲熊城（ゆうじょう）を蔽う
梅柳春を迎え天始めて晴る

今日遷喬事何美　　今日遷喬（せんきょう）事何ぞ美なる
当時辛苦是功名　　当時の辛苦是功名

一月十日、宍戸正輝の栄転を祝した送別の詩である。宍戸正輝は熊本鎮台監獄の監守で、明治十年二月二十四日夜、薩軍の重囲を脱し官軍の本営に至り、三月三日帰城して官軍主力との連絡の大任を果した殊勲者である。

また翌十一日の日記に宍戸の功績を賛えた次の詩がある。

能伝将軍命　　能（よ）く将軍の命を伝う
敵陣若無人　　敵陣人無きが若（ごと）し
先生大胆略　　先生の大胆略
猛然驚鬼神　　猛然鬼神を驚かす

一身報国期平生　　一身報国平生を期す

不レ譲藤公丈八槍　　譲らず藤公丈八の槍
今夜此宴多少意　　今夜此の宴多少の意
春風唯独在二熊城一　　春風唯独り熊城に在り

一月二十一日、小倉歩兵第十四聯隊の新軍旗の授与式が挙行された。式後、前聯隊長乃木中佐は現聯隊長奥中佐と共に、鎮台司令長官谷少将以下幕僚幹部を熊本の前崎楼に招き、祝宴を開いた。そのときの作で、谷少将、児玉少佐の次の作詩にこたえたものである。「谷少将　孤軍赴レ急豈期レ生　弾竭身傷尚用レ槍　天録二其功一旗一箇　春風吹送勝山城」「児玉少佐　孤軍直進不レ期レ生　誰識銃槍優二血槍一　植木難艱木留苦　旭旗再照勝山城」

無言分レ手為二衆中一　　無言手を分つは衆中の為なり
別後思レ君恨不レ窮　　別後君を思い恨み窮りなし
留得写真彷彿影　　留め得たる写真彷彿の影
相看相思両心通　　相看(あいみ)相思い両心通ず

一月二十五日、東京の歩兵第一聯隊長に転任の発令があって、二十九日熊本出発、赴任の途に着いた。

二十九日夜は、熊本市外の百貫石（坪井川の川港）で一泊し、三十日午後四時肥前の勝佐村（長崎県南高来郡加津佐町）に上陸し、同地で一泊したとき、近藤氏の韻に次し、作詩したもの、近藤氏は熊本の友人なるも詳細不明。

惜別の情を禁じ得なかった人物は果して何者か。

早行風冷馬蹄忙
唯恐鞍頭酒易レ消
昨夜寒衾眠不レ就
皚々欺レ雪満郊霜

早行風冷く馬蹄忙し
唯恐る鞍頭酒消え易きを
昨夜寒衾眠り就かず
皚々雪を欺く満郊の霜

二月一日の作。

この日の日記に「本日中岡有レ詩次韻」としてこの詩がある。中岡は熊本鎮台参謀中岡黙中尉（後の陸軍少将、日露戦争時の陸軍省人事局長）で乃木中佐に長崎まで随行した。

三十日勝佐に一泊した乃木中佐一行五名は乗馬で陸行。途中一泊して二月一日午後長崎に到着。夕食後広島丸に乗船し馬関（下関）に出発した。

此行自有㆓暗愁催㆒　　此の行自(おのずか)ら暗愁の催す有り
思起当年幾去来　　思い起す当年幾去来
凍雨霏々指将㆑落　　凍雨霏々(ひひ)として指将(まさ)に落ちんとす
草鞋夜度秋芳台　　草鞋(そうあい)夜度(わた)る秋芳台

二月二日馬関（下関）到着。豊浦で一泊したのち、三日、秋芳台を経て、萩へ向かったときの作。

元治元年（一八六四年）希典十五歳の三月、父の許しを得ないで長府を出奔し、萩の玉木文之進のもとに至った。それから幕末動乱の時期に際し、幾度この道を往復したことであろうか。若き日の思い出を感慨こめてうたっている。

十二年前小少時　　十二年前小少の時
草鞋孤剣事㆓先師㆒　　草鞋(そうあい)孤剣先師に事(つか)う

椎原高処今来眺
山色水声自旧知

椎原の高処に今来って眺むれば
山色水声自ら旧知なり

四日払暁萩着、杉氏、玉木家を訪ね旧交を温めた。翌五日杉民治翁（吉田松陰令兄）と観瀾亭において酒を汲みかわし、この詩を詠む。
先師は玉木文之進のこと、文之進は吉田松陰の師でもあり、乃木中佐の少年時代の恩師、前原一誠の萩の乱の責任を感じて切腹。希典の実弟正誼は文之進の養子となったが前原にくみして戦死した。戦後はじめて萩を訪れた希典の感慨は暗愁の一語に尽きたことであろう。

観瀾亭裡一瓢酒
対酌無言多少情
此去満天風雪暗
回レ頭幾度望二覇城一

観瀾亭裡一瓢の酒
対酌無言多少の情
此より去れば満天風雪暗し
頭を回し幾度か覇城を望む

中佐は五日午後萩を出発。絵堂を経て六日夜長府に帰った。この詩は六日の日記に記載されているが昨日酒を汲みかわした杉氏に贈ったものである。

六日は「風雪甚シ」と日記にある。

萩の乱、西南の役後、はじめて故山を訪れた乃木中佐を迎えたものは、玉木父子の墓石であった。この帰省行の数詩にはその悲懐がこめられている。

別時縦令不二躊躇一
別後思レ君感有レ余
近比置郵洽二天下一
平安相報一封書

同遊会酔雅宴中
臨レ別多情何有レ窮
此去東西千里遠
閒山不レ隔夢魂通

別時縦令(たとい)躊躇せずとも
別後君を思い感余有り
近比(きんぴ)置郵天下に洽(あまね)し
平安相報ず一封の書

同遊会し酔う雅宴の中(うち)
別れに臨み多情何ぞ窮り有らん
此より去れば東西千里遠し
閒山隔てず夢魂の通うを

二月七日の日記に「詩ヲ友雲上人ト近藤氏トニ寄ス、各次韻ナリ」と記してこの両詩がある。友雲上人は熊本の友人、近藤氏は前述の一月三十日の詩の近藤氏と同一人物と思われる。なお、この日故郷の豊浦で多くの友人、知人と旧交を温めていることが日記に書かれている。

放二擲功名一自養レ真　　功名を放擲し自ら真を養う
陶然不レ背二太平春一　　陶然として太平の春に背かず
誰言高士世無レ益　　誰か言う高士世に益無しと
化育一郷盲昧民　　化育す一郷盲昧（もうまい）の民

二月十日朝この詩を書き、午後西京丸に乗船神戸に出帆している。十一日午後六時神戸着、大阪に至り、先輩友人と交歓したのち、翌十二日、神戸出帆、十四日午前二時横浜に到着、上京。十五日、歩兵第一聯隊長に着任している。

去年今日熊城下　　去年の今日熊城（ゆうじょう）下
当是両軍開戦初　　当（まさ）に是両軍開戦の初め

閑却吾儂泰平事
満窓春雨読二兵書一

閑却す吾儂（ごどう）泰平の事
満窓の春雨兵書を読む

二月二十五日の日記に「昨日ノ詩ヲ大塚ニ送リ、評ヲ乞フ」とある。一年前の西南の役の緒戦を回顧したものである。

一別東西喚二奈何一
四年日月夢中過
相看相笑祝レ無レ恙
世路艱難自幾多

詩酒相酬歓幾何
西窓不レ覚二夕陽過一
以レ文会レ友事何好

一別東西奈何（いかん）と喚び
四年の日月夢中に過ぐ
相看て相笑い恙（つつが）無（な）きを祝す
世路艱難自（おのずか）ら幾多

詩（し）酒（しゅ）相酬ゆ歓び幾何（いくばく）ぞ
西窓夕陽の過ぐるを覚えず
文を以て友を会す事何ぞ好き

今日初知情味多　　今日初めて知る情味の多きを
君入二異郷一我征戦　　君は異郷に入り我は征戦
四年久闊附二咨嗟一　　四年久闊咨嗟(しさ)に附したり
相逢今日無二佳物一　　相逢う今日佳物無し
侑レ酒瓶梅未レ発レ花　　酒を侑(すす)む瓶梅未だ花を発(ひら)かず

以上三篇の詩は、三月十日、清国から帰朝した友人下村脩介と酒を汲みかわし、詩を交換したときの作である。

なお、二番目の詩の起句は、「詩酒」が「詩歌」と書かれているものもある。

清酒弔レ君会二故人一　　清酒君を弔(ちょう)して故人に会す
一場無レ主又無レ賓　　一場主無く又賓なし
傷心相対不二相語一　　傷心相対して相語らず

懶レ説鎮西去歳春

三月二十三日の作。先輩福原和勝大佐の一周忌に参列して詠んだもの。福原は山口県出身の明治陸軍草創期の偉材。西南の役に出征し別働第三旅団参謀長の発令三日後の明治十年三月二十三日未就任のまま戦死した。

星斗爛粲月満レ天
雄心凛然夜難レ眠
有レ魚有レ酒美人在
遥擬坡翁壁下船
両舷白露月中天
銀燭誰家猶未レ眠
柔艫相近欲二相問一

説くに懶(ものう)し鎮西去歳の春

星斗爛粲(らんさん)として月天に満つ
雄心凛然として夜眠り難し
魚有り酒有り美人在り
遥かに擬す坡翁(はおう)壁下の船
両舷白露月中天
銀燭は誰の家か猶(なお)未だ眠らず
柔艫(じゅうろ)相近づき相問わんと欲す

楼上有レ人呼二我船一　　楼上人有り我船を呼ぶ

両詩共に十月十三日の作。隅田川に舟を浮べる風流人乃木聯隊長の姿を彷彿させる詩である。

天如二有レ意自悲傷一　　天意ありて自ら悲傷するが如し
暗雨凄風欲レ断レ魂　　暗雨凄風魂を断たんと欲す
五十三干城壮士　　五十三の干城壮士
空得二反罪一上二刑場一　　空しく反罪を得て刑場に上る

十月十五日の作。この日の日記に「本日竹橋暴徒処刑。有レ詩」とある。
明治十一年八月二十三日、東京竹橋の近衛兵営に於いて、兵士百余名が西南戦役の行賞等に不平を抱き、暴動を起こしたが、忽ち鎮定され首魁三添卯之助等五十三名の死刑がこの日執行された。
天候は「大風雨」と日記にある。天も暴徒の心情を憐んだのか。

狂花満樹噪二禽鳴一　　狂花満樹禽鳴(きんめい)噪(さわが)し

不レ見此間秋意清
縦令小春風日暖
上林梅有レ守二幽貞一

見ずや此の間秋意清し
縦令（たとい）小春の風日暖きも
上林の梅幽貞（ゆうてい）を守る有り

十一月六日の作。「児玉ノ韻ヲ次シ、詩ヲ添」とある。

秋霖日々難レ駆レ馬
空掛二銀鞭一坐二蓬廬一
一縷香煙風不レ動
破簾護レ雨読二兵書一

秋霖（しゅうりん）の日々馬を駆け難し
空しく銀鞭を掛け蓬廬（ほうろ）に坐す
一縷（いちる）の香煙風動かず
破簾（はれん）雨を護り兵書を読む

豊歳真豊歳
村々社鼓譁
田禾収未レ尽

豊歳真に豊歳
村々社鼓（しゃこ）譁（かまびす）し
田禾（でんか）収めて未だ尽きざるに

早已酔人多　　早くも已に酔人多し

豊年を祝う秋の祭をうたっている。
右の両詩は十一月十三日の日記に記載されている。

兵馬同登霜葉中　　兵馬同じく登る霜葉の中(うち)
鞍頭日暖小春風　　鞍頭日暖かし小春の風
山霊迎㆑我情何厚　　山霊我を迎えて情何ぞ厚き
錦幕花氈十里紅　　錦幕花氈(かせん)十里紅(くれない)なり

鎌倉、横須賀地方に出張したさい好天の秋色を賦したもの。
十一月二十七日の日記に記載されている。

題㆓秋夜読書図㆒　　秋夜読書の図に題す

秋風落葉満㆑庭深　　秋風落葉庭に満ちて深し

斜月柴門一草廬
白髪有レ人窓下坐
残燈閲尽定何書

搗レ衣曲

哀雁秋深思二遠征一
良人識否搗レ衣情
西郊一曲想夫恋
何及丁東月下声

蒲冠者

何必浅才望二覇業一
父讐亡矣我栄多

斜月柴門（さいもん）一草廬
白髪人有り窓下に坐す
残燈閲（けみ）し尽すは定めて何の書ぞ

衣を搗（つ）くの曲

哀雁（あいがん）秋深くして遠征を思う
良人識るや否や衣を搗くの情
西郊の一曲想夫恋（そうふれん）
何ぞ及ばん丁東（とうとう）月下の声に

蒲冠者

何ぞ必ずしも浅才覇業を望まん
父讐（ふしゅう）亡びて我栄多し

死生縦奉二将軍命一
遺恨千年在二嫂家一

死生縦（たと）い将軍の命を奉ずとも
遺恨千年嫂家（そうか）に在り

以上三篇は十一月二十九日の日記に記載されている。この年の八月二十七日静子夫人と結婚し、老母と同居生活をはじめている。

明治十二年

試毫

聞説江南山水奇
鉄蹄欲レ踏好春時
長駆直到梅多処
折得帰遺一両枝

試毫

聞く説（な）らく江南山水奇なりと
鉄蹄踏まんと欲す好春の時
長駆して直に到る梅多き処
折得て帰り遺さん一両枝

明治十二年正月の作。

南画に見られるような中国大陸の山水への憧れを詠んだものか。

「好春時」が「陽春時」となっているものもあるが、「陽」では下平三連となるので「好」の方がよい。

なお、将軍は明治二十七年日清戦役出征にあたり、この詩を次のように改作し、知人におくられている。「聞説満洲山水奇　鉄蹄欲レ踏早春時　征途若過二梅花地一　折得贈レ君一両枝」

或歓二豊瑞一賞二奇観一
俗士騒仙自在レ看
塞下戍兵楼上客
十人応レ有十人歎
野梅一様趁レ晴発
天下同為得レ君観

或いは豊瑞(ほうずい)を歓び奇観を賞す
俗士騒仙自(おのずか)ら看に在り
塞下の戍兵(じゅへい)楼上の客
十人応(まさ)に有るべし十人の歎き
野梅一様に晴を趁(お)うて発(ひら)く
天下同じく為す君を得て観るを

縦令今年霜雪少
北風二月不レ堪レ寒

縦令(たとい)今年霜雪少きも
北風二月寒に堪(た)えず

両詩共に一月二十六日の作。

野営恰是好春節
常与二東君一不レ易レ逢
一任荒原花木少
鞍頭日見玉芙蓉

野営恰(あたか)も是れ好春の節
常に東君と逢い易からず
一任す荒原花木少し
鞍頭日に見る玉芙蓉(ぎょくふよう)

以下七篇の詩は、三月十二日の日記の末尾に記載されている。十三日から二十六日までの日記が欠けているが、この期間が習志野原での野営演習であったと思われる。

忽覚昨来春意加
曠原到処見二新芽一

忽ち覚ゆ昨来春意の加うるを
曠原到る所新芽(しんが)を見る

野営一夜紛々雨
注作東台墨水花

野営の一夜紛々の雨
注作す東台墨水(ぼくすい)の花

野営地に於いて雨に濡れる上野（東台）や隅田川（墨水）の桜を偲び、春の到来を感じた早春の賦である。

草衾幾度夢魂驚
半夜枕頭琴筑声
自笑平生思想拙
無情点滴却関レ情
与二我東君一旧相識
哨兵線上勿二誰何一
武人別有二風流在一

草衾(そうきん)幾度(いくたび)か夢魂驚く
半夜の枕頭琴筑(きんちく)の声
自ら笑う平生思想の拙なるを
無情の点滴却(かえ)って情を関す
我東君と旧(もと)より相識る
哨兵線上誰何(すいか)する勿(なか)れ
武人別に風流在る有り

演陣余間猶見レ花

演陣の余間猶(なお)花を見る

春の到来を心待ちする気持を女性を待つ心にたとえる風流聯隊長乃木中佐の姿をここに見る。陸軍士官学校の軍歌に次のようなものがある。

「霧淡晴の野に乱れ、花影に春をさし招く、春の女神は今日ここに、祭の庭に訪れぬ。あわれ楽しきこの宴、いざもろともに歌わなん」

将軍の心情、武学生(陸軍士官学校、幼年学校生徒のこと)にも一脈相通ずるところがあるか。

深夜曠原不レ見レ人
臨レ岐幾度馬逡巡
今宵何幸天如レ拭
依二大熊星一認二北辰一

深夜曠原人を見ず
岐に臨み幾度か馬逡巡
今宵は何たる幸か天拭うが如し
大熊星(だいゆうせい)に依り北辰を認む

闇黒の習志野原を粛々として駒を進める夜行軍の情景をうたっている。

紅桃爛漫是誰園
不レ似荒寥習志原
原上今朝霜尚冷
何知春色在二隣村一

林端皚々白如レ雪
梅落以来果是何
更転二馬頭一相近見
開遍一樹木蓮花

馬蹄車轍草芽摧
演武場中春不レ来
何料路傍花幾樹

紅桃爛漫是誰の園ぞ
似ず荒寥の習志原（ならしのはら）
原上今朝霜尚冷やかに
何ぞ知らん春色の隣村に在るを

林端皚々（がいがい）白きこと雪の如し
梅落ちて以来果して是何ぞ
更に馬頭を転じ相近く見れば
開いて遍（あまね）し一樹木蓮の花

馬蹄車轍草芽（そうが）摧（くだ）く
演武場中春来らず
何ぞ料（はか）らん路傍花幾樹

戦袍日暮帯レ芳回　　戦袍(せんぽう)日暮れ芳を帯びて回(かえ)る

明治十二年の春、習志野に於ける演習中の作と思われる。演習訓練に夢中になっているうち、いつの間にか春がやって来ていたのを知った感慨を詩に託したもの。

十歳相逢歓不レ極　　十歳相逢う歓極まらず
今宵勿レ説有二明朝一　　今宵説く勿(なか)れ明朝有りと
清遊却懶聴二糸竹一　　清遊却って懶(ものう)し糸竹を聴くに
立掲二珠簾一見二晩潮一　　立ちて珠簾(しゅれん)を掲げ晩潮を見る

四月十一日の日記に「午後亀清ニ入リ、高島・山根等ト会ス。高島・山根有レ詩」とあり三人の詩が記述されている。
高島は高島得三、山根は山根信成（後の陸軍少将、近歩第二旅団長、明治二十八年台湾征討で陣没、男爵。）

公子春遊尤競レ華　　公子春遊尤(もっと)も華を競う

驕総徐歩踏㆓紅霞㆒　　驕って総（すべ）て徐（おもむろ）に歩し紅霞（こうか）を踏む
行人相見長堤上　　行人相見る長堤の上
斜振㆓金鞭㆒払㆓落花㆒　　斜に金鞭（きんべん）を振って落花を払う

四月十九日の日記にある。「本日大塚ヨリ来書。有㆑詩次㆑韻即答」の次にこの詩が書かれている。馬上颯爽として墨堤（隅田川の堤）の桜花を賞でるさまをうたっている。

別離何憂蓬桑志　　別離何ぞ憂えん蓬桑（ほうそう）の志
男子功名在㆓此間㆒　　男子の功名此の間に在り
縦令東西千里遠　　縦令（たとい）東西千里遠きも
交情不㆑隔幾関山　　交情隔てず幾関山
月自朦朧水自清　　月自（おのずか）ら朦朧（もうろう）として水自ら清し

離宴不レ堪レ聴二琴箏一
明朝一別幾多恨
十歳難レ遣是此情

四月二十九日の作

大才大志有二其人一
予見他年妙術新
寒暑相違千万里
随時自愛是精神

五月八日の作。
友人坂井省吾に送った詩である。

豪遊硯海楼頭月

離宴琴箏（きんそう）を聴くに堪（た）えず
明朝の一別幾多の恨
十歳遣り難し是此情

大才大志其の人有り
予見す他年妙術新なるを
寒暑の相違（あいさ）る千万里
随時自ら愛す是精神

豪遊す硯海（けんかい）楼頭の月

苦学桃山営裡霜　　苦学す桃山営裡の霜
往事誰言渾似レ夢　　往事誰か言う渾(すべ)て夢に似たり
弔レ君今日奈二悲傷一　　君を弔う今日悲傷を奈(いかん)せん

五月二十五日の作。この日の日記に「泉岳寺ニ本庄ノ墓ヲ弔ス」とある。本庄とは本庄維由。報国隊並に伏見桃山に入営以来の親友。明治十年五月二十七日病没。その三回忌によんだもの。

清風従レ北送二驟雨一　　清風北より驟(しゅう)雨(う)を送る
吹乱残香一縷煙　　吹(すい)乱(らん)す残香一縷の煙
赤県地図時見尽　　赤県の地図時に見尽す
満襟涼気擁レ書眠　　満(まん)襟(きん)の涼気書を擁して眠る

七月十四日の日記にある。

蓬桑男子志　　蓬桑は男子の志
離合是平生　　離合は是平生
一別三朝後　　一別三朝の後
相逢刮目情　　相逢う刮目の情

八月九日の日記に「食後岩佐山田ニ告別」とあってこの詩を記している。

東台山上暁鐘鳴　　東台山上暁鐘鳴る
天女廟前残月清　　天女の廟前残月清し
水樹観蓮人早到　　水樹観蓮人早くも到る
満担香霧打レ楼声　　満担の香霧楼を打つの声

八月十七日作る。この日の日記に「有レ約、早暁内藤来、四時半出テ騎シ、三浦中将ヲ誘ヒ、不忍池ノ水月亭ニ小酌、観二蓮花一、又向島ニ至ル。…」等記されている。

立向㆓北窓㆒且曲㆑肱
避来苦熱兼㆓蒼蠅㆒
忽驚雷鳴驟雨夢
門外声声時売㆑氷

立ちて北窓に向い且(しばら)く肱を曲ぐ
避け来る苦熱と蒼蠅(そうよう)と
忽ち驚く雷鳴驟雨の夢
門外の声々時に氷を売る

明治四十三年夏、赤十字病院に入院中の作としている詩歌集もあるが、明治十二年八月十八日の日記にこの詩の原詩と思われる次の詩が記載されている。「去向㆓北窓㆒始曲㆑肱　避他苦熱又蒼蠅　忽驚雷雨涼風夢　門外声々来売㆑氷」

寄㆔家弟集作在㆓松下村塾㆒

家弟集作松下村塾に在るに寄す

刻苦悲酸感㆓鬼神㆒
履㆑危寧復顧㆓吾身㆒
請看烈士功臣迹
不㆑出㆓尋常飽煖人㆒

刻苦悲酸鬼神を感ぜしむ
危きを履(ふ)むも寧(なん)ぞ復(ま)た吾が身を顧みん
請う看(み)よ烈士功臣の迹(あと)
尋常飽煖(ほうだん)の人に出でず

この詩は松下村塾に学ぶ十七歳年下の末弟集作に与えた激励の辞である。十月十一日の日記にある。当時松下村塾は、松陰の実兄杉民治翁が子弟の教育にたずさわっていた。

勿レ言豪興在二流連一　　言う勿(なか)れ豪興流連に在りと
一夜唯応レ擲二万銭一　　一夜唯応(まさ)に万銭を擲(な)げうつべし
有レ酒有レ肴多二美女一　　酒有り肴有り美女多し
将二残酔一欲レ入二新年一　　残酔を将(も)って新年に入らんと欲す

十二月三十日の日記の末尾に「青山大酌前日ノ詩ヲ示ス」とあってこの詩がある。
青山は、青山朗少佐。当時歩兵第一聯隊第二大隊長で、将軍が小倉の十四聯隊長時代にも部下大隊長で西南戦役で死生苦楽を共にした人。のち陸軍少将となった。

明治十二年（行軍演習）

甲州道中

風雨凄然山嶽鳴
神兵向処何妨レ行
勿レ瞋諏訪水底鬼
明日我軍踏二汝城一

甲州道中

風雨凄然（せいぜん）として山嶽鳴る
神兵向う処何ぞ行を妨げん
瞋（いか）る勿（なか）れ諏訪水底の鬼
明日我軍汝の城を踏まん

行程百里何するものぞ、将兵の意気軒昂たるものが感ぜられる。

行軍十里人相連
尽日高山又大川
尚未三前衛占二陣地一

行軍十里人相連なる
尽日高山又大川
尚未だ前衛の陣地を占めざるに

建槍将卒共吹レ煙

渡二鶴河一

跋渉清流又峻岑
新霜猶未レ染二楓林一
渓簗偶見留二紅葉一
知是水源秋已深

笹子峠

谷勢犬牙如レ噛レ馬
峯容人立欲レ呑レ人
千軍一呼驀然上
却使二山霊一疑二鬼神一

建槍(けんそう)の将卒共に煙を吹く

鶴河を渡る

跋渉す清流又峻岑(しゅんしん)
新霜猶(なお)未だ楓林(ふうりん)を染めず
渓簗(けいりょう)偶々(たまたま)見る紅葉を留むるを
知る是水源の秋已に深きを

笹子峠

谷勢犬牙(けんが)馬を噛むが如し
峯容(ほうよう)人立てば人を呑まんと欲す
千軍一呼驀然(ばくぜん)として上れば
却(かえ)って山霊をして鬼神を疑わしむ

豊歳農夫言レ見二路傍曝一レ粟

富強亦是本二農事一
風雨有レ時天恩深
玉食金衣非二我願一
路傍到処曝二黄金一

豊歳農夫路傍に粟を曝すを見ると言う

富強も亦是農事を本とす
風雨時有り天恩深し
玉食金衣我が願いに非(あら)ず
路傍到る処黄金を曝(さら)す

初入二甲州一

睥二睨四鄰一圧二敵情一
金湯百里自然城
如レ斯山岳如レ斯水
附二与英雄一成二美名一

初めて甲州に入る

四(し)鄰(りん)を睥(へい)睨(げい)して敵情を圧す
金(きん)湯(とう)百里自然の城
斯(か)くの如き山岳斯くの如き水
英雄に附与して美名を成さしむ

天然の要害に拠って、その精強を天下に誇った武田氏をうたう。

過㆓駒飼駅㆒

宛然思起紅楓色
天正十年三月花
今日懶㆑言成敗跡
驕傲古来誤㆑邦多

駒飼駅を過ぐ

宛然(えんぜん)思い起す紅楓(こうふう)の色
天正十年三月の花
今日言うに懶(ものう)し成敗の跡
驕傲(きょうごう)古来邦(くに)を誤ること多し

駒飼駅は、現在中央線、初鹿野駅の西南、北方に武田氏滅亡の地天目山がある。

途上与㆓諸子㆒同次㆓杜牧之韻㆒

柴門不㆑鎖断橋斜
不㆑問知㆑之処士家
荒砌無㆔人払㆓落葉㆒
多情黄菊一籬花

途上諸子と同(とも)に杜牧の韻に次す

柴門(さいもん)鎖(とざ)さず断橋斜なり
問わずして之を知る処士の家
荒砌(こうせい)人の落葉を払うなし
多情なり黄菊一籬(いちり)の花

同

落葉秋風細雨斜
黄雲漠々没二人家一
山村誰謂無二佳趣一
蕎麦開遍一畝花

杜牧は有名な唐の詩人
その作「山行」
遠上二寒山一石径斜。 白雲生処有二人家一。
停レ車坐愛楓林晩 霜葉紅二於二月花一。
がある。この詩の韻に次したものである。
「斜、家、花」（六麻）

御坂峠（一）

錦雲埋レ路幾千重

同じ

落葉秋風細雨斜なり
黄雲漠々人家を没す
山村誰か謂（い）う佳趣無しと
蕎麦（きょうばく）開いて遍（あまね）し一畝の花

御坂峠（みさかとうげ）（一）

錦雲路を埋（うず）む幾千重

半日攀登十二峯
初到山頂拝前嶽
一声同賞玉芙蓉

半日攀じ登る十二峯
初めて山頂に到り前嶽を拝し
一声同じく賞す玉芙蓉

御坂峠、河口湖の北にあり、これを北に越えると甲府盆地に入る。ここから河口湖を前景にした富士の眺めは絶景である。「十二峯」は御坂連山中の一嶺「十二嶽」のことで頂上に行者堂があり、河口湖が眼下に広がり、富嶽が湖面に映じて、昔からこの眺望を「御坂の富士」と称している。

御坂峠(二)

逢君恋々暫留行
軽雪淡粧情更清
何恨峯頭雲一抹
不看全面却多情

御坂峠(二)

君に逢い恋々暫く行を留む
軽雪淡く粧いて情更に清し
何ぞ恨まん峯頭雲一抹
全面を看ざる却って多情

御厨峠(一)

身負㆓雪山㆒背欲㆑塞
留㆑行幾度又回看
不㆑如前日甲州道
十二峯頭仗㆑剣観

御厨峠(二)

前日何期御厨嶮
今朝転㆑道入㆓相州㆒
卒然策似㆓跛翁跡㆒
無㆑約来登神代楼

御厨峠（みくりやとうげ）(一)

身雪山を負い背塞がらんと欲す
行を留めて幾度か又回看
如かず前日甲州の道
十二峯頭剣に仗（よ）りて観るに

御厨峠(二)

前日何ぞ期せん御厨の嶮
今朝道を転じ相州に入る
卒然の策は跛翁（はおう）の跡に似たり
約無きも来り登る神代楼

相州道中

初覚旅情酒渇催
出レ家旬日不レ銜レ杯
満顔留得紅楓色
妻孥応レ疑帯レ酔来

相州道中

初めて覚ゆ旅情酒渇(かつ)を催すを
家を出でて旬日杯を銜(ふく)まず
満顔留め得たり紅楓の色
妻孥(さいど)応(まさ)に疑うべし酔を帯びて来たると

断酒十日、長かった演習行軍を終え、真黒に日焼けして帰宅した心境をうたっている。

氷川村

欲レ説多摩川上景
壮観遍在二水源秋一
猛風時払二霜林一去
掣二錦繍一来擲二乱流一

氷川村

説かんと欲す多摩川上の景
壮観遍(あまね)く水源の秋に在り
猛風時に霜林を払い去り
錦繍(きんしゅう)を掣(ひ)き来りて乱流に擲(なげう)つ

登㆓雲峯寺㆒

馬踏㆓秋霜㆒暁気寒
野僧休㆑怪立㆓危巒㆒
機山死後無㆓男子㆒
誰識吾儂得意看

雲峯寺に登る

馬は秋霜を踏んで暁気寒し
野僧怪むを休(や)めよ危巒(きらん)に立つを
機山死して後男子無し
誰か識らん吾儂(ごどう)得意の看

発㆓小田原㆒

枕上夜来点滴声
困眠断続到㆓天明㆒
凄風冷雨蕭々景
前隊促㆑程喇叭鳴

小田原を発つ

枕上夜来点滴の声
困眠(こんみん)断続して天明に到る
凄風冷雨蕭々の景
前隊程(てい)を促して喇叭(らっぱ)鳴る

悪天候下、眠れぬ露営の夢がさめて、行進喇叭も勇しく冷雨をついて出発しようとする部隊の情景を描いている。

登二身延山一

孤剣欲レ窮兵要地
凄風帯レ雨入レ山深
忽見巨刹聳レ倚レ嶮
仏意天然是我心

発二原村一到二柳沢峠一途上

長蛇陣勢似レ凌レ空
桟道秋高気自雄
壮士忽見霜葉色
笑言身着二錦衣紅一
細雨横斜雲捲レ巒

身延山に登る

孤剣窮めんと欲す兵要の地
凄風雨を帯び山に入りて深し
忽(たちま)ち見る巨刹嶮に倚(よ)りて聳ゆ
仏意天然是我心

原村を発して柳沢峠に到る途上

長蛇の陣勢空を凌ぐに似たり
桟道秋高く気自(おのずか)ら雄なり
壮士忽(たちま)ち見る霜葉の色
笑うて言う身錦衣の紅(くれない)を着ると
細雨横斜して雲巒(らん)を捲(ま)き

山容水色自奇観
中流咿軋櫓声響
知汝軽舟下㆓奔湍㆒

山容水色自（おのずか）ら奇観
中流咿（い）軋（あつ）す櫓声の響
知る汝軽舟奔（ほん）湍（たん）を下るを

富士川に沿って甲州から駿河に下った第二大隊と行動を共にしたときの詩。

十一月十一日南部村

山脱㆓錦衣㆒着㆓素衣㆒
容姿一夜忽相違
秋風夢冷前宵雨
天上已為㆓白雪㆒飛

十一月十一日南部村

山は錦衣を脱して素衣を着く
容姿一夜にして忽（たちま）ち相違す
秋風夢冷かなり前（ぜん）宵（しょう）の雨
天上已に白雪となって飛ぶ

渡㆓鉤渡㆒

断岸引㆑縄渡㆓旅人㆒

鉤渡（こうと）を渡る

断岸縄を引きて旅人を渡す

欲レ行鷺歩幾労レ神　　行かんと欲するも鷺歩（ろほ）幾たびか神を労す
村童踏習咲二余怯一　　村童踏み習いて余が怯を咲（わら）う
為説穎才須レ重レ身　　為に説く穎才須（すべか）らく身を重んずべし

乃木聯隊長の負け惜しみか。

過二裾野一　　裾野を過ぐ

紅楓野菊弄二秋晴一　　紅楓野菊秋晴を弄ぶ
特見芙蓉顔色清　　特に見る芙蓉の顔色清きを
不レ厭曠原千里遠　　厭わず曠原千里の遠きを
鞍頭尽日伴レ君行　　鞍頭（あんとう）尽日君を伴いて行く

広大な富士の裾野を馬上、富士山を仰ぎながら行軍する光景をうたっている。

攀登断岸立二天風一　　攀じ登る断岸天風に立つ

偉業百年跡已空
縦令功名猶未レ及
健強何譲古英雄

偉業百年跡已に空し
縦令功名猶未だ及ばざるも
健強何ぞ譲らん古英雄

箱根湯本に在る後北条氏の菩提寺早雲寺かあるいは小田原城跡を眼下に見下す石垣山においてか、いずれにせよ後北条五代百年の事蹟を偲んだ詩である。

北条氏は一介の浪人伊勢新九郎が北条早雲と名乗って開いた戦国の大大名、早雲の後、氏綱、氏康、氏政、氏直と五代にわたって繁栄を誇ったが、天正十八年（一五九〇年）豊臣秀吉に滅ぼされた。北条何する者ぞと言う若き乃木聯隊長の気魄が窺われる。

望二富嶽一

加白信浅素名嶽
高低何競尺尋間
阪東十有三州地
到処相看独此山

富嶽を望む

加白信浅素より名嶽
高低何ぞ競わん尺尋の間
阪東十有三州の地
到る処相看る独り此の山

誰謂東洋第一山　　誰か謂う東洋第一の山
欧米何有二若レ斯山一　　欧米何ぞ斯くの若き山有らん
多言豈誇高兼レ大　　多言豈誇らんや高と大と
正気粋鍾為二此山一　　正気の粋鍾って此の山を為す

結句は「天地正大の気粋然として神州に鍾る、秀でては富士の嶽と為り、巍々として千秋に聳ゆ」の藤田東湖の正気の歌にこたえたものか。

紛々勿レ汚天然美　　紛々汚す勿れ天然の美
白扇芙蓉亦等閑　　白扇芙蓉も亦等閑
所レ似二無情一有情極　　無情に似たる所有情の極み
一言々尽是名山　　一言言い尽す是名山

「無情に似たる所、有情の極み」は、将軍終世の心境であろう。

日露戦役後、戦死者の遺族の弔問旅行に随行した某新聞記者に、将軍は「一滴千金男子涙、多情或有レ似二無情一」と書き与えている。

印野原之露営

雪影月光映二夜天一
芙蓉顔色特清明
山霊若有レ留二余意一
欲下解二戦袍一腰下眠上

観二駿州深沢之古城一

欲レ問英雄争戦跡
荒残不レ似二旧時看一
土人説尽当年事
一道松風落日寒

印野原の露営

雪影月光夜天に映ず
芙蓉顔色特に清明
山霊若(も)し余の意を留むる有れば
戦袍(せんぽう)を解きて腰下(ようか)に眠らんと欲す

駿州深沢の古城を観る

問わんと欲す英雄争戦の跡
荒残旧時の看に似ず
土人説き尽くす当年の事
一道の松風落日寒し

深沢城は富士東麓御殿場の北東にある。
戦国時代、武田信玄、北条氏康の両雄がこの城の争奪を演じた。

足柄山

従軍千里幾多情
別意把ㇾ笙吹二月明一
一曲清音今孰処
秋風立ㇾ馬聴二松声一

足柄山

従軍千里幾多の情
別意笙を把りて月明に吹く
一曲の清音今孰れの処ぞ
秋風馬を立て松声を聴く

足柄山は足柄峠周辺の山々の総称である。八幡太郎義家の弟新羅三郎義光は、後三年の役で苦戦している兄を救援するため、陸奥に赴く途中、足柄峠において、従軍を熱望する豊原時秋に笙の秘曲を授けて、京に帰した。
時秋は、義光の笙の師で今は亡き豊原時元の子である。義光は師の秘伝をその子に伝えて後世に残さんことを願ったのである。

登二岩殿古墟一

欲レ問当年遺恨長
英雄前後幾興亡
巉巌千尺荒墟上
仗レ剣悵然見二夕陽一

岩殿古墟に登る

問わんと欲す当年遺恨の長きを
英雄前後幾興亡
巉巌千尺荒墟の上
剣に仗って悵然夕陽を見る

岩殿城趾は山梨県大月市の北に在る。天正十年三月、武田信玄の子勝頼は織田・徳川連合軍に追われ、岩殿城に入ろうとしたが、武将小山田信茂に叛かれ天目山に走って同地で一族滅亡した。

山中村演陣

旭旗映レ雪暁風寒
雷銃轟レ天争戦闌
玉女山霊如レ有レ意

山中村の演陣

旭旗雪に映じて暁風寒し
雷銃天に轟きて争戦闌なり
玉女の山霊意有るが如く

孱顔半掩二白雲一看
此日午前五時半発二須走一各中隊競進
行軍十時十一時之間各隊達二三島駅一

孱顔（さんがん）半ば白雲を掩うて看（み）る
此の日午前五時半須走を発し各中隊競進
行軍十時十一時の間に各隊三島駅に達す

以レ寡勝レ衆良将事
奉レ令能堪是勇兵
富逸万軍何足レ懼
唯応三神速作二威名一

寡を以て衆に勝つは良将の事
令を奉じ能（よ）く堪ゆるは是勇兵
富逸万軍何ぞ懼（おそ）るるに足らん
唯応（まさ）に神速威名を作（な）すべし

須走—三島間の距離約三十一粁を約五時間で踏破。その健脚は誇るに足る。

入二伊豆一訪二蛭子島一

聞説将軍賢与明
源公覇業得レ人成
請見沿道幾村落
渾是当時英傑名

伊豆に入り蛭子島(ひるがこじま)を訪う

聞く説(な)らく将軍の賢と明と
源公の覇業人を得て成る
請う見よ沿道の幾村落
渾(す)べて是当時英傑の名

蛭子島は伊豆国韮山村にあって永暦元年（一一六〇年）平氏に捕われた源頼朝が流された所。頼朝はここに雌伏すること二十年、治承四年（一一八〇年）、石橋山に兵を挙げ、やがて平氏を滅して鎌倉幕府を開いた。北条、伊東、土肥、仁田等彼の覇業を援けた武将は、いずれもこの伊豆の出身で彼等の名は現在も地名として残っている。

伊豆道中

斜日秋風落葉多
霜深野菊猶存レ花

伊豆道中

斜日秋風落葉多し
霜深くして野菊猶(なお)花を存す

林端忽見短虹起
知是前渓有二水車一
厩裡抱来撫レ馬時
呱々如レ笑見如レ知
旅情偏恥是何意
不レ夢二老親一夢二我児一

この年八月二十八日長男勝典誕生。

回レ首望レ君天一方
子易村外欲二斜陽一
此行縦令無二風雨一
追二懐往事一又断腸

林端忽(たちま)ち見る短虹(たんこう)の起るを
知る是前渓水車有り
厩裡(きゅうり)抱き来り馬を撫するの時
呱々(ここ)笑うが如く見て知るが如し
旅情偏(ひとえ)に恥ず是何の意ぞ
老親を夢みず我児を夢む

首(こうべ)を回(めぐ)らして君を望む天の一方
子易村外斜陽ならんと欲す
此の行縦令(たとい)風雨無きも
往事を追懐すれば又断腸

子易村は神奈川県の大山の登山口、この近くの上粕屋で戦国時代の名将太田道灌がその主上杉定政に謀殺され、その墓がある。

明治十三年

豪興行杯如レ飲レ河　　豪興行杯河を飲むが如し
離宴何事用二悲歌一　　離宴何事か悲歌を用いん
酔顔依レ旧相逢日　　酔顔旧によりて相逢うの日
酒量只応加二幾多一　　酒量只応（まさ）に幾多を加うべし

明治十三年の夏、当時歩兵第一聯隊長であった乃木中佐が部下の小谷中尉転任に際して贈られた詩である。

明治十三年再遊㆓熊本㆒与㆓旧友諸子㆒留別

明治十三年再び熊本に遊び旧友諸子と留別

故人留㆑我尽㆓交歓㆒
山水迎㆑吾粧㆓旧観㆒
欲㆑去遅々奈㆑難㆑忍
他郷何似故郷看

故人我を留めて交歓を尽す
山水吾を迎えて旧観を粧う
去らんと欲して遅々忍び難きを奈(いか)にせん
他郷何ぞ似たる故郷の看に

明治十六年

酔裏経過歳晩天
男児寧渡説㆑無㆑銭
偏恥我有㆓旧年債㆒

酔裏経過す歳晩の天
男児寧(なん)ぞ渡るに銭無きを説かんや
偏(ひとえ)に恥ず、我に旧年の債あるを

半帙読残名将伝

明治十六年　新年の試筆。三十五歳詩書ともに頼山陽に傾倒していた頃の作。

肥馬大刀無レ所レ酬
万銭抛尽買二豪遊一
乾坤漠々人将レ老
酔夢空回大陸洲

半帙読み残す名将の伝
肥馬大刀酬ゆる所無し
万銭抛ち尽くして豪遊を買う
乾坤漠々人将に老いんとす
酔夢空しく回る大陸洲

明治十六年一月の作。

怒濤噛レ岸路成レ彎
如レ鬼怪岩遮二往還一
千歳何為壮士恨
梅花正白石橋山

怒濤岸を噛んで路彎を成し
鬼の如き怪岩往還を遮る
千歳何ぞ為さん壮士の恨
梅花正に白し石橋山

古今戦術素非レ同　　古今の戦術素（もと）より同じきに非（あら）ず
兵理千年同一意　　兵理千年同一の意
水勢山容留レ我辺　　水勢山容我を留むるの辺り
英雄曾是建レ旗地　　英雄曾て是旗を建つるの地

明治十六年二月初旬、乃木大佐は静子夫人、勝典、保典、女中の兼、宇佐をつれて湘南海岸を旅行している。

この二篇は、二月六日石橋山の古戦場を訪ねた際に詠んだもの。

有レ朋多二酒肉一　　朋（とも）有り酒肉多し
熱海不レ知レ寒　　熱海（あたみ）寒を知らず
酔来吹レ気立　　酔い来たり気を吹きて立ち
喜見大波瀾　　喜び見る大波瀾

明治十六年二月十四日の日記には次のように記されている。共に間欠泉を詠んだもの。

有レ閑多愛レ酒
熱海不レ知レ寒
一酔倚レ欄立
瞥然観二倒瀾一

長風巻レ海打二蓬頭一
激浪将々山欲レ流
斜陽満村人未レ去
白鷗一隊落二前洲一

二月十四日の作。

豈只戦場汗馬労
素期身是国干城

閑有り多く酒を愛す
熱海寒を知らず
一酔欄に倚(よ)りて立つ
瞥然(べつぜん)倒瀾(とうらん)を観る

長風海を巻き蓬頭(ほうとう)を打つ
激浪将々山流れんと欲す
斜陽満村人未だ去らず
白鷗(はくおう)の一隊前洲に落つ

豈(あに)只戦場汗馬の労のみならんや
素(もと)より期す身は是れ国の干城

櫛風沐雨平生事
不レ識人間利与レ名

明治十六年二月二十六日の日記にある。

白羽箭飛中、天鳴
正奇無レ形是神兵
人心所レ向天如レ許
猛雨烈風圧二海城一

四月十五日の作。

雨竭海城滴二翠微一
鋸峯高処断雲飛
狂濤打レ岸山欲レ裂

櫛風沐雨平生の事
識らず人間の利と名と

白羽箭飛び中天に鳴る
正奇形無く是神兵
人心向う所天許すが如し
猛雨烈風海城を圧す

雨竭き海城翠微を滴らす
鋸峯高き処断雲飛ぶ
狂濤岸を打ち山裂けんと欲す

水煙無レ端襲二戎衣一　　水煙端無く戎衣(じゅうい)を襲う

明治十六年六月二十二日の作。東京湾沿岸防備巡視のさい、猿島（横須賀の沖）で詠む。この年二月五日。東京鎮台参謀長に就任。

填レ谷斬レ山鉄塁高　　谷を填(うず)め山を斬りて鉄塁高し

登臨坐使二我心豪一　　登臨すれば坐(そぞ)ろに我が心をして豪ならしむ

芙峰影圧二千重雪一　　芙峰(ふほう)の影は千重の雪を圧し

南海碧深二万里濤一　　南海の碧(みどり)は万里の濤(なみ)よりも深し

六月二十三日の日記に「昨夜又有レ詩」としてこの詩が書かれている。この日は、東京湾を横断して、千葉県富津洲の砲台を視察した。

煙月朦朧幽清夜　　煙月朦朧(もうろう)たり幽清の夜

艶桜爛漫十分春　　艶桜(えんおう)爛漫として十分の春

花間談笑彼何者
露坐撫レ掌評二美人一

花間談笑す彼何者ぞ
露坐掌(たなごころ)を撫(ぶ)し美人を評す

八月十八日の日記に記載。

明治十七年

翠微挟レ水江千曲
多是戊辰古戦場
直到過二妙見山下一
舟人止レ棹説二戦情一

翠微(すいび)水を挟みて江千曲す
多くは是戊辰(ぼしん)の古戦場
直ちに到りて妙見山下を過ぐれば
舟人棹(さお)を止めて戦情を説く

明治十七年七月二十日の日記にある。

東京鎮台参謀長としてこの年の五月下旬から六月中旬にかけ、管内巡視のため新潟方面へ出張した際の詩。

妙見山は榎峠とも言い、信濃川の畔に聳える要害の地。戊辰の役に、山県有朋指揮下の官軍と河井継之助の率いる長岡藩兵とが激戦を交えた戦場である。

明治十九年

磊落男児拙㆓厨政㆒
幾見債鬼驚㆓夢魂㆒
雖㆑然別有㆓迎年策㆒
貯得兵醸一大樽

磊落（らいらく）の男児は厨政（ちゅうせい）に拙（つたな）し
幾たびか見る債鬼の夢魂を驚かすを
然りと雖（いえど）も別に迎年の策有り
貯え得たり兵醸（へいじょう）一大樽

明治十九年正月、熊本第十一旅団長時代の作。斗酒なお辞せずの豪放な面影を見ることができる。

なお「幾たびか見る債鬼の夢魂を驚かす」は「転た窮鬼に雄魂を驚かさる」、また「貯え得たり兵醸」は「更に貯う丹醇」となっているものがある。

明治二十一年

次㆓井上哲次郎韻㆒送㆓姉小路氏㆒　井上哲次郎の韻に次し姉小路氏に送る

艱難世路豈無㆑危　艱難の世路豈(あに)危きこと無からんや

男子致㆑身果何時　男子身を致すは果して何れの時ぞ

縦令前途多㆓辛苦㆒　縦令(たとい)前途辛苦多くとも

須㆑期唯在㆑護㆓皇基㆒　須(すべか)らく期すべし唯皇基(こうき)を護るに在りと

明治十九年十一月、将軍は軍事研究のため独逸に出張を命ぜられ、滞在一カ年半、二十一年の六月帰朝された。

この詩は、二十一年一月四日の日記にある。当時留学中の井上哲次郎博士が姉小路公義伯爵（公使館一等書記官）の帰朝を送った詩に次韻して将軍も姉小路伯に送られたもの。

明治二十五年

那須野

村居何憂食無レ魚
雉兎上レ厨醪熟初
人亦不レ来門不レ鎖
炉辺日々注二兵書一

起来温レ酒炙二枯魚一
遥望二皇京一祝二歳初一
尤喜僻郷無二俗事一
炉辺尽日読二兵書一

那須野

村居何ぞ憂えん食に魚無きを
雉兎(ちと)厨に上る醪熟(ろうじゅく)するの初め
人も亦来らず門鎖(とざ)さず
炉辺日々兵書に注す

起来酒を温めて枯魚を炙(あぶ)る
遥かに皇京(こうきょう)を望みて歳初を祝す
尤(もっと)も喜ぶ僻郷(へききょう)俗事無きを
炉辺尽日兵書を読む

寒厨寧歎食無レ魚　寒厨寧ぞ歎かん食に魚無きを

手種新蔬味有レ余　手ずから種えし新蔬味余り有り

一縷香烟凝不レ動　一縷の香烟凝って動かず

疎簾隔レ雨読二農書一　疎簾雨を隔てて農書を読む

歩兵第五旅団長であった乃木将軍は師団長桂中将と性格的に合わず、明治二十四年末、辞表を提出して那須野に引きこもる。

以上の三篇は世俗に超然として孤独を楽しむ心境を詠じたもの。これから間もなく二月三日休職が発令された。

将軍は明治二十一年独逸留学から帰国後、生活態度が一変し、かつての将軍を知る人を驚かすが、将軍の粛軍の信念は固く、一部の人から頑固、偏屈と評された。

明治二十六年

行伍整斉朝発レ営　行伍整斉として朝に営を発す

銀鞍白馬太鮮明
天翻柳絮蘿蹊滑
人着鵝毛羽服軽
戈影陸離兼雪映
笳声嚠喨帯風鳴
為問深院煖炉底
紙上滔々坐説兵

銀鞍白馬太だ鮮明なり
天柳絮を翻し蘿蹊滑らかに
人は鵝毛を着て羽服軽し
戈影陸離として雪と映ゆ
笳声嚠喨風を帯びて鳴る
為に問う深院煖炉の底
紙上滔々坐して兵を説く

一月二十七日の日記に「夜吉田庫三来り詩ヲ示ス。」とある。

「一月二十五日、大雪。聞歩兵第一聯隊行軍近郊快然不自禁有此作」とある。

かつて自分が聯隊長であり、今は歩兵第一旅団長となった自分の指揮下にある聯隊の雪中行軍に思いを馳せたもの。

この二十五日大雪の日の午後乃木旅団長は、聯隊長統裁の図上戦術を視察している。この詩の前段は、部隊は雪中行軍を、後段の二句は上級幹部が残って戦術を研究していることを詠じたものである。

明治二十七年

肥馬大刀尚未レ酬
皇恩空浴幾春秋
斗瓢傾尽酔余夢
踏破支那四百州

肥馬大刀尚（なお）未だ酬いず
皇恩空しく浴す幾春秋
斗（と）瓢（ひょう）傾け尽くす酔余の夢
踏破す支那四百州

明治二十七年十月九日、日清戦役出征の途次、広島における作で、天覧を賜ったものである。日清戦役は明治二十七年（一八九四年）七月二十五日の豊島沖海戦で火蓋が切られ、八月一日、我国は清国に宣戦を布告した。

当時第一師団の歩兵第一旅団長であった乃木少将は九月二十四日東京出発、十月十六日宇品出港出征の途についた。

明治二十八年

稀有二楊柳一無二竹梅一
満洲地僻又奇哉
飛雲寨下尚氷雪
何日東風渡レ海来

稀に楊柳有るも竹梅無し
満洲の地僻又奇なる哉
飛雲寨下なお氷雪
何れの日か東風海を渡って来る

飛雲寨は蓋平の北にある地名。ここで乃木旅団は明治二十八年一月十七日から二十一日にかけて清国軍と激戦を交えている。

蓋平城外偶成

干戈朔北事紛々
満目渾無レ不レ断レ魂
節近二清明一風物冷

蓋平城外偶成

干戈朔北事紛々
満目渾て魂を断たざるなし
節は清明に近く風物冷やかなり

垂楊浅緑劫余村　　　　　垂楊浅緑劫余（こうよ）の村

この詩は、学習院編「乃木院長記念録」に所載されているものであるが、将軍が陣中より友人吉田庫三氏宛の書簡には、次のように記されている。「往時征戦事紛々　一望渾無ㇾ不ㇾ断ㇾ魂　節及二清明一風物冷　柳楊僅緑劫余邨」

青石関頭雪　　　　　青石関頭の雪

飛雲寨下風　　　　　飛雲寨下の風

当年兵馬夢　　　　　当年兵馬の夢

感慨有ㇾ誰同　　　　　感慨誰（たれ）か有って同じき

乃木少将は歩兵第一旅団長として明治二十八年一月、蓋平周辺において清国軍と激戦を交えて、孤軍よく同地を確保し、勇名を全軍に馳せた。

明治天皇が乃木旅団の属する第二軍に賜った勅語の中に、「其軍の一部曩（さき）に蓋平を占領せし以来能く冱寒に堪へ来襲の敵を撃退し」とご嘉賞のお言葉がある。

後年「蓋平攻撃記念日」に当時を追懐しての作である。

夜色沈々杜宇啼
浮雲弦月影高低
不如帰去声何処
数万征人夢裡聴

夜色沈々杜宇(ほととぎす)啼く
浮雲弦月影高低
不如帰(ふじょき)去りて声何れの処ぞ
数万の征人夢の裡(うち)に聴く

明治二十八年、日清戦役講和成立後なお満州にいた将軍が、六月二十五日、かつての部下で現在台湾で作戦中の摺沢少佐に送られた手紙の中にある。

明治三十一年

汗馬幾過濁水流
公余久嘯大屯秋
回レ頭往事渾如レ夢
孤剣今朝向二讃州一

汗馬幾たびか過ぐ濁水の流れ
公余久しく嘯(うそぶ)く大屯(だいとん)の秋
頭(こうべ)を回(めぐ)らせば往時渾(すべ)て夢の如し
孤剣今朝讃州に向う

明治三十一年の秋、新設の第十一師団長を拝命し、単身で善通寺へ赴任する際に詠む。

明治三十二年

晩春時節宜㆓行旅㆒　　晩春の時節行旅に宜(よろ)し
車上夢魂不㆑到㆑家　　車上夢魂家に到らず
麦畝藍田青一様　　麦畝(ばくほ)藍田(らんでん)青一様
残紅幾処老桜花　　残紅幾処老桜の花

第十一師団長在職中の明治三十二年の春の作と思われる。

想㆓雨中進撃行軍演習㆒病中戯墨　雨中進撃行軍演習を想い病中戯墨す

満天風雨漂㆓人馬㆒　　満天の風雨人馬を漂わす
士気猛然如㆓潮流㆒　　士気猛然として潮流の如し
戦友相看無㆓一語㆒　　戦友相看(あいみ)て一語無し
那辺好敵幾残留　　那辺(なへん)の好敵幾残留

明治三十二年六月の作。
当時将軍の副官であった葦原甫少佐の談に「当日衛生隊の演習があり、降雨が甚だしく行軍は頗る困難であった。将軍は病気静養中でこの詩を作った」とある。

明治三十四年

飛瀑奔流激似レ号
嶮山突兀威容高
天辺一角陰雲破
北海金風吹二戦袍一

飛瀑(ひばく)奔流激して号(さけ)ぶに似たり
嶮山(けんざん)突兀(とつこつ)として威容高し
天辺の一角陰雲破れ
北海の金風戦袍(せんぽう)を吹く

明治三十四年、北海道旅行の際の作品と思われる。旭川市の西方神居古潭(カムイコタン)の辺りの景色をうたったものか。

明治三十五年

神州風景

晃山秋色今将好
内外人称是日光
三十年前曾遊地
紫黄紅白野花香

神州の風景
晃山（こうざん）秋色今将（まさ）に好し
内外人は称す是日光と
三十年前曾遊（そうゆう）の地
紫黄紅白野花香（かんば）し

明治三十五年八月十六日、乃木将軍は那須野を出発して足尾、日光湯本、華厳滝、東照宮、宇都宮等を巡遊した。

旅行最終日の十九日の日記に記載されている。

明治三十六年

梅花咲勧レ酒　　梅花咲き酒を勧む
神気与レ年新　　神気年と与(とも)に新なり
春知誰先飲　　春に知る誰か先ず飲むと
先生烏角巾　　先生は烏角(うかく)の巾

明治三十六年一月十五日の日記には「春知誰先飲」は「春意誰先領」（春意誰か先づ領(さと)る）とある。村田峰次郎氏に贈ったものである。
村田峰次郎氏は、長州藩の偉材村田清風の孫で、乃木将軍の親友、大正四年「乃木将軍」を著している。

太平山下雪　　太平山下の雪
七里溝辺血　　七里溝(こう)辺(へん)の血

意気当年同
寒威又凜烈

意気当年に同じ
寒威又凜烈（りんれつ）

明治三十六年二月九日の作。
日清戦役に於ける蓋平の戦闘を回顧して詠んだもの。

満堂人是当時尤
金鵄之光驚㆓黒鳩㆒
近衛将軍名赫灼
豪壮優美兼㆓風流㆒

満堂の人是当時の尤（ゆう）なり
金鵄（きんし）の光黒鳩を驚かす
近衛将軍名赫灼（かくしゃく）たり
豪壮優美風流を兼ぬ

黒鳩、クロパトキン、当時ロシヤの陸軍大臣、日露戦争時の極東方面陸軍最高指揮官。明治三十六年六月来朝、日本各地を視察し、寺内陸軍大臣をはじめ陸軍の首脳と会談したが、近衛師団長長谷川好道中将（後の元帥）の堂々たる風貌に威圧されたことが当時評判になった。

七月三日の日記に、当日近衛師団司令部に長谷川中将を訪問し、この詩を示したと記載されている。

意気震㆓天地㆒
精誠感㆓鬼神㆒
名利如㆓糞土㆒
報国尽忠人

意気天地を震わし
精誠鬼神を感ぜしむ
名利糞土（ふんど）の如し
報国尽忠の人

明治三十六年九月十二日、児玉源太郎中将に贈った詩。日露の風雲急を告げる秋であった。また同じ意味の次の詩を三十七年一月二十二日、吉田庫三氏にも贈っている。「精誠感㆓鬼神㆒ 意気表㆓天神㆒ 利名如㆓糞土㆒ 尽忠報国人」

明治三十七年

昨夜之夢
飛雲侵㆑鬣馬欲㆑逸
断㆑鉄佩刀鳴有㆑声

昨夜之夢
飛雲鬣（たてがみ）を侵し馬逸（はや）らんと欲す
鉄を断つ佩刀（はいとう）鳴って声有り

留做二俗務一君勿レ謗　　留って俗務を做(な)す君謗(そし)る勿(なか)れ
百万青眼手中物　　百万の青眼手中の物

日露戦争の初期、留守近衛師団長時代の作。
明治三十七年二月十日、我国はロシアに宣戦を布告し、ここに日露戦争が勃発した。当時休職中の将軍は、二月五日復職、留守近衛師団長に就任した。

為レ何武運禱二長久一　　何の為にか武運長久を禱(いの)る
短急本来適二武人一　　短急本来武人に適す
武運於レ吾宜二短急一　　武運吾に於いて宜しく短急なるべし
奉レ禱八百万軍神　　禱り奉る八百万(やおよろず)の軍神

三月七日、吉田庫三氏に宛てた書簡中にこの詩が記してある。
「武運長久」という言葉に対する将軍の見解を示したものである。

将軍威武秀二千秋一
猛雨暴風何又愁
鴨緑江流深幾尺
一鞭飛渡奉天州

将軍の威武千秋に秀ず
猛雨暴風何ぞ又愁えん
鴨緑江の流れ深さ幾尺（いくせき）ぞ
一鞭（いちべん）飛び渡る奉天州

近衛、第二、第十二師団から成る我第一軍は明治三十七年五月、鴨緑江の敵前渡河に成功して、満州に入り九連城を占領した。
当時、留守近衛師団長であった乃木将軍が長谷川中将に九連城の占領を祝って贈った詩である。

虎攫龍拏不レ顧レ身
奉公忠勇見二精神一
王師所レ向無二堅鋭一
鴨水金城捷報頻

虎攫龍拏（こかくりゅうだ）身を顧みず
奉公忠勇精神を見る
王師向う所堅鋭無し
鴨水（おうすい）金城捷報頻（しき）りなり

日露戦争の緒戦の勝利を詠んだもの。

明治三十七年五月一日、我第一軍は鴨緑江を渡河、九連城を占領、また、五月二十六日第二軍は南山、金州を占領した。

山川草木転荒涼
十里風腥新戦場
征馬不レ前人不レ語
金州城外立二斜陽一

山川草木転(うたた)荒涼
十里風腥(なまぐさ)し新戦場
征馬前(すす)まず人語らず
金州城外斜陽に立つ

明治三十七年五月二日、乃木将軍は第三軍司令官に親補され出征の途につく。

五月二十六日、既に戦場にあった第二軍は南山を攻撃、第一師団歩兵第一聯隊の小隊長長男勝典少尉は、この戦闘で重傷を負い、翌二十七日戦死する。

乃木将軍は広島でこの訃報を受け、六月一日宇品出港、六日遼東半島塩大澳に上陸、旅順に向かう途中、七日南山を過ぎて戦跡を弔う。

当日の日記に「雨、南山ノ戦場巡視、山上戦死者墓標ニ麦酒ヲ献ジテ飲ム、幕僚同行」と記したあとにこの詩が書かれている。

日記には、起句の「山川」が「山河」、結句の最後が「夕陽に立つ」とあるが「夕」は平仄の関係からのちに「斜」と改められたものと思うが、これで詩の格調が一段と高まっている。

この日から約半月後、将軍は親戚の吉田庫三氏あての書簡（葉書）にこの詩を書かれているが、それには「山川」「斜陽」となっている。

「川」「河」共に平声に属する字で、その点平仄上問題はないが全般の調子から「川」の方が遥かに優れている。

この詩は、将軍の詩の秀作の中の随一とされていることは申すまでもない、いわゆる「乃木三絶」のうちの一つである。

硝煙掩二宇宙一　　硝煙宇宙を掩い
砲声轟二天地一　　砲声天地に轟く
血河千里漲　　血河千里漲（みなぎ）り
惨絶旅順口　　惨絶たり旅順口

明治三十七年八月第一回旅順総攻撃をうたわれたものか。

日本陸軍未曾有の大砲兵による二日間の猛砲撃の後に行われた総攻撃も頑強な露軍の抵抗

によって屍山をなす損害を出して終る。

有レ死無レ生何是悲
千年不レ朽表忠碑
皇軍十万誰英傑
驚レ世功名是此時

旅順攻囲中の作。

曠野茫々天接レ雲
馳駆曾払虎狼軍
屍堆二百三高地
長使三征人説二抜群一

二〇三高地占領後の作。

死有り生無し何ぞ是悲しまん
千年朽ちず表忠の碑
皇軍十万誰か英傑
世を驚かす功名是此の時

曠野茫々天雲に接す
馳駆曾て払う虎狼の軍
屍は堆し二百三高地
長く征人をして抜群を説かしめん

爾霊山険豈難レ攀
男子功名期ニ克艱一
鉄血覆レ山山形改
万人斉仰爾霊山

爾(に)霊(れい)山(さん)の険豈(あに)攀(よ)じ難からんや
男子功名克(こく)艱(かん)を期す
鉄血山を覆いて山形改まる
万人斉(ひと)しく仰ぐ爾霊山

明治三十七年十二月五日、乃木将軍の指揮する第三軍は悪戦苦闘の後二〇三高地を占領する。この攻撃に将軍の次男保典少尉も戦死した。十二月十一日の日記に「風アリ烈寒十度」とあって、その末尾に「今朝詩アリ志賀氏ニ示ス」と記述してこの詩がのっている。「乃木三絶」の一つである。

明治三十八年

康平小塔子間途上偶感
満洲山野正新緑

康平小塔子間途上の偶感
満洲の山野正に新緑

雨後風光静且清
柳絮紛々花満レ地
沙場百里馬蹄軽

雨後の風光静かにして且つ清し
柳絮紛々花地に満つ
沙場百里馬蹄軽し

明治三十八年三月、奉天会戦に大勝を博した乃木大将の指揮する第三軍は、五月康平、金家屯の線に進み、法庫門に軍司令部を置く。乃木大将は参謀達を伴い、第一線を視察して法庫門へ帰る途中、遼河のほとりに在る一村落小塔子に近い白砂の路上にてこの詩を詠んだ。

渓水濺々樹色萋
夏山層翠白雲迷
長征踏破永陵路
馬上把レ杯杜宇啼

渓水濺々樹色萋し
夏山層翠白雲迷う
長征踏破す永陵の路
馬上杯を把れば杜宇啼く

法庫門滞陣中の作。

東西南北幾山河
春夏秋冬月又花
征戦歳余人馬老
壮心猶是不レ思レ家

東西南北幾山河
春夏秋冬月又花
征戦歳余人馬老ゆ
壮心猶(なお)是家を思わず

明治三十八年八月七日、長谷川大将あての書簡の末尾に記されたもの。
日露の講和談判がはじまらんとする頃、滞陣数ケ月の将兵の士気に思いをよせている。

義人何説レ利
倦鳥自知レ還
誰愛苦中楽
我愉忙裡間

義人何ぞ利を説かん
倦(けん)鳥(ちょう)自(おのずか)ら還(かえ)るを知る
誰か愛す苦中の楽
我は愉しむ忙(ぼう)裡(り)の間

法庫門滞陣中の作。

過二公主陵一

朱楼粉壁緑陰中
公主陵前清水通
欲レ訪英雄功業跡
秋風一路蓼花紅

三十八年秋、法庫門滞陣中の作。

霜葉野花辺外秋
騎行連日路悠々
腥風蕭条戦袍冷
獅子峪通蒙古州

明治三十八年九月二十日、将軍の知友桂弥一翁宛の書簡にこの詩を記す。獅子峪は地名でこの便りに「沙漠に接した新戦場」と書いてある。

公主陵を過ぐ

朱楼粉壁（ふんぺき）緑陰の中
公主陵前清水通ず
訪わんと欲す英雄功業の跡
秋風一路蓼花（りょうか）紅（くれない）なり

霜葉野花辺外の秋
騎行連日路悠々
腥風（せいふう）蕭条（しょうじょう）として戦袍（せんぽう）冷やかなり
獅子峪（ししよく）は通ず蒙古州

劫余風物不㆑堪㆑酸
処々炊煙暮色寒
往事茫々渾似㆑夢
百年誰記忠魂壇

劫余（こうよ）の風物酸に堪えず
処々炊煙暮色寒し
往事茫々渾（すべ）て夢に似たり
百年誰か記す忠魂の壇

三十八年十月十日、満州の法庫門郊外にある西山の丘に祭壇を設け、乃木軍司令官が祭主となって、第三軍の戦死戦病死者を弔った。その慰霊祭のときの即吟である。

皇師百万征㆓強虜㆒
野戦攻城屍作㆑山
愧我何顔看㆓父老㆒
凱歌今日幾人還

皇師百万強虜を征す
野戦攻城屍（かばね）山を作（な）す
愧（は）ず我何の顔あってか父老に看（まみ）えん
凱歌今日幾人か還（かえ）る

明治三十八年秋、日露両国の講和条約の成立を聞き、凱旋帰国の日を思うてその心境をうたったもの。

将軍は三十八年十二月二十九日法庫門出発凱旋の途につくが、途中旅順の戦跡を訪れたさい、墓守となってこの地に留りたいと心境を側近にもらされたと伝えられている。越えて三十九年一月十日宇品上陸、一月十四日東京新橋駅着、東京市民の熱狂的な歓迎を受けるが、蓑笠を被って帰りたかったのが将軍の気持ちであったろう。「乃木三絶」の一つとされている。

明治三十九年

村校門前万歳催
凱旋歓迎又多哉
銀鬚鉄面彼何者
孤剣瓢然乃木来

村校門前万歳催す
凱旋歓迎又多き哉（かな）
銀鬚（ぎんしゅ）鉄面彼何者ぞ
孤剣瓢然（ひょうぜん）として乃木来（きた）る

多くの部下将兵を失った将軍の自責の念切々たるものがある。

椽側白兮蒲団紅
金屏上壇御殿同
本願寺流多㆓俗物㆒
坊主脳中一切空

椽側は白く蒲団は紅し
金屏（きんべい）上壇御殿に同じ
本願寺流俗物多し
坊主脳中一切空

明治三十九年九月、将軍は植村大佐を随え中国地方を旅行している。以下の三篇は、いずれも随行の植村大佐に示したもの。
広島から浜田（島根県）に向かう途中、九月十二日の夜、広島県山県郡大朝村の寺院に一泊したときの所感、翌朝随行の植村大佐に示した狂詩。

野翁常愛天然美
不㆑似㆔都人追㆓繁華㆒
廚有㆓芋瓜㆒新穀熟
一年楽事在㆑秋多

野翁常に愛す天然の美
都人の繁華を追うに似ず
廚（くりや）に芋瓜（うか）有り新穀熟す
一年の楽事秋に在りて多し

更に前掲の狂詩に代えて植村大佐に示したもの。

雲山碧水似㆓仙郷㆒
霜葉野花一路長
秋雨蕭々冷気足
軽車載㆑夢入㆓山陽㆒

雲山碧水仙郷に似たり
霜葉野花一路長し
秋雨蕭々（しょうしょう）として冷気足る
軽車夢を載せて山陽に入る

島根県の津和野から山口へ向う途上の作。

題㆓日露戦史㆒
開㆑図図上幾多山川旧相識
抜㆑嶮研㆑空無数惑星向㆑北流

日露戦史に題す
図を開けば図上幾多の山川旧（もと）より相識る
嶮を抜いて空を研（き）れば無数の惑星北に向って流る

斗酒傾来遣レ悶結成残夜夢
馬蹄蹂躙雪城氷砦黒龍州

斗酒傾け来って悶(もん)を遣(や)れば結び成る残夜の夢
馬蹄蹂躙(じゅうりん)す雪城氷砦(ひょうさい)黒龍州

「日露戦史」（全四巻、東京博文館発行）第二巻の巻頭に掲げた詩である。

明治四十一年

麦圃梅園松樹林
渓流帯レ雨有二余音一
車中看尽湘南景
更覚新春興味深

麦圃(ばくほ)梅園松樹の林
渓流雨を帯びて余音有り
車中看(み)尽(つ)くす湘南の景
更に覚ゆ新春興味深きを

明治四十一年三月一日、沼津御用邸に天機を奉伺したさいに詠まれたもの。沼津駅から御用邸に馬車で向う途中、将軍は随行の学習院女学部長松本源太郎氏に「圃の字は平か仄か」と尋ねたので、部長は「仄字です」と答えたところ、ややあって将軍はこの詩を口吟したと伝えられている。

菜花麦浪軽風暖　菜花麦浪軽風暖かし
春色正闌富嶽陽　春色正に闌なり富嶽の陽
静浦波穏罩二瑞気一　静浦波穏やかにして瑞気を罩む
紅雲深処是桃郷　紅雲深き処是桃郷

前掲の詩と同じときの作で、沼津周辺の春景を詠んだものである。桃郷は地名で後に学習院の遊泳場が置かれたところ。

弔二白骨一　白骨を弔う

義勇誠忠表二国光一　義勇誠忠国光を表す

千年白骨有㆓余香㆒
功名富貴為㆓何物㆒
渾是人間夢一場

千年白骨余香有り
功名富貴何物と為す
渾(すべ)て是人間夢一場

作詩時期不明であるが、戦後旅順を訪れたさいに詠まれたものか。
将軍は明治四十一年六月、露軍戦没者慰霊碑の除幕式に、四十二年十二月、白玉山表忠塔の竣工式に参列のため二度旅順を訪れている。四十一年六月旅順からの帰途、十四日船中の日記に次の詩がある。

和気祥風日月閑
表忠碑上奠㆓花環㆒
英魂千歳眠応㆑穏
旅順城辺新緑山

和気祥風日月閑(のどか)なり
表忠碑上花環を奠(てん)す
英魂千歳眠り応(まさ)に穏やかなるべし
旅順城辺新緑の山

なお、この詩はのちに次のように改作されている。

雲霽海天風浪間
表忠碑上奠㆓花環㆒
英魂千載夢応㆑穏
旅順湾頭新緑山

芳山懐古

満山紅葉錦旗色
秋気凛然侵㆓戦袍㆒
豈忍㆑説㆓南朝往事㆒
勤王皆是当年豪

雲霽(は)れ海天風浪間(しずか)なり
表忠碑上花環を奠す
英魂千載夢応(まさ)に穏かなるべし
旅順湾頭新緑の山

芳山懐古

満山の紅葉錦旗の色
秋気凛然として戦袍を侵す
豈(あに)南朝の往事を説くに忍びんや
勤王皆是れ当年の豪

明治四十一年十一月、大和奈良地方において大演習が行われた時、将軍は南軍の司令官であった。演習開始の直前に、吉野を訪ねたときの作である。

明治四十三年

臥病安閑五十日　臥病安閑五十日
不レ関人世幾波瀾　関せず人世幾波瀾
玻璃窓外風多少　玻璃(はり)窓外風多少
落葉無レ声秋雨寒　落葉声無く秋雨寒し

明治四十三年夏、将軍は片瀬海岸における学習院遊泳演習に参加中急性中耳炎に罹り、十二月初旬迄、東京の赤十字病院に入院した。以下四篇はこの入院中の作である。

枕上刀三尺　枕上刀三尺
壮心今尚存　壮心今尚存す
病余衰弱甚　病余衰弱甚(はなは)だし

何以報㆓天恩㆒

何を以てか天恩に報いん

双龍争㆑玉照㆓清流㆒
万点紅旗水面游
一呼賞声川欲㆑破
何論賈舶兼㆓葷舟㆒

双龍玉を争い清流を照らす
万点の紅旗水面に游(およ)ぐ
一呼の賞声川破れんと欲す
何ぞ論ぜん賈舶(こはく)と葷舟(くんしゅう)と

病床で、隅田川の川開きの打揚げ花火の壮観を思って詠じた詩。

盛名功業世皆欽
千古誰全㆓道義心㆒
栄辱死生機一髪
可㆑憐勇士就㆓生擒㆒

盛名功業は世皆欽(よろこ)ぶ
千古誰か道義の心を全うせん
栄辱死生機一髪
憐むべし勇士生擒(せいきん)に就くを

病床で塩谷時敏氏の詩に次韻したもの。

日露戦争の旅順攻略戦で、二〇三高地占領の殊勲を樹てた某聯隊長は、不幸にも奉天会戦で夜襲をしたとき、乱戦の中で重傷を負い人事不省となりロシヤ軍に収容された。将軍は、病床でこの不運な部下聯隊長の身上に思いを馳せたのか。

明治四十四年

秋冬春夏褌三尺
紅碧紫黄花四時
無二地獄一兮無二極楽一
仏書万巻又何痴

秋冬春夏褌三尺(こんさんせき)
紅碧紫黄花四時たり
地獄無く極楽無し
仏書万巻又何の痴ぞ

明治四十四年渡欧航海中の作。

西伯利亜雑詠
千里平原無二障碍一
大兵可レ用可レ行レ軍
英雄曾是功名地
唯見綿羊野馬群

西伯利亜（シベリア）雑詠
千里の平原障碍（しょうがい）無し
大兵用う可（べ）し軍を行（や）る可し
英雄曾て是れ功名の地
唯見る綿羊野馬の群

明治四十四年欧州旅行からの帰途、八月シベリア鉄道の車中で詠む。
英雄はジンギスカンを指すか。

明治四十五年

恰是清明節
満城無レ不レ花
皆言米価貴

恰（あたか）も是清明の節
満城花ならざるは無し
皆言う米価貴（たか）しと

到処酔人多　　到る処酔人多し

明治四十五年四月十日、毛利公爵の招宴の席上の作。

年代不明

一酔余情不㆓等閑㆒　一酔の余情も等閑ならず
汽車入ㇾ洛瞬時間　汽車洛に入る瞬時の間
満眼尚帯摂州酒　満眼尚帯ぶ摂州の酒
笑対鴨東旧識山　笑うて対す鴨東旧識の山

明治十一年二月東京転勤途上の作と説明しているものもあるが、乃木日記によれば、将軍は、当時神戸から船で横浜に向っていて、京都へ立ちよった記録はない。

観レ碁

碁を観る

有レ客対レ碁転相忘
客有り碁に対して転(うたた)相忘れ

香煙不レ散一条長
香煙散ぜず一条長し

丁東叩尽話ニ何事一
丁東(とうとう)叩き尽して何事をか話す

知是武人説ニ戦場一
知る是れ武人戦場を説く

作詩の年代不明であるが、明治十年前後の作という説もある。

霜気剣光冷
霜気剣光冷やかなり

秋風我馬肥
秋風我が馬肥ゆ

憮然推レ案立
憮然案を推して立てば

雁陣散レ空飛
雁陣(がんじん)空に散りて飛ぶ

秋の野外演習にさいして詠んだものであろう。雁行の乱れるのを見て、伏兵のあるを知ったという八幡太郎義家の故事を引いている。

高楼呼レ酒共豪吟　　高楼酒を呼んで共に豪吟（ごうぎん）す
罵二倒英雄一無二古今一　　英雄を罵倒して古今無し
興旺屋上初吐レ月　　興旺（さか）んにして屋上初めて月を吐く
煙波万頃砕二黄金一　　煙波万頃（ばんけい）黄金を砕く

明治三十一年、高松の玉藻楼で作ったと伝えられているが、真偽に若干の問題がある。詩の内容からすれば、青年時代の作とも思われる。

吾愛馬名紅　　吾が愛馬名は紅（くれない）
滸焉死去空　　滸焉（こうえん）として死去空し
満蒙千里野　　満蒙千里の野に
見汝戦時功　　見る汝が戦時の功

将軍の愛馬心は厚く、馬に関する逸話も多いが、この詩からもその片鱗がうかがえる。

崚嶒富嶽聳㆓千秋㆒　　崚嶒（りょうそう）たる富嶽千秋に聳（そび）ゆ
赫灼朝暉照㆓八洲㆒　　赫灼（かくしゃく）たる朝暉（ちょうき）八洲を照らす
休㆑説区々風物美　　説くを休（や）めよ区々風物の美
地霊人傑是神州　　地霊人傑是神州

作詩の年代は不詳であるが、明治四十五年の一月、墺匈国（オーストリー）の陸軍中佐ティー・フォン・レルヒ（後の少将）の需（もと）めに応じ書き与えられ、後にこの詩がドイツ語にも訳されている。レルヒ中佐は新潟県高田で、我国に始めてスキーを伝えた人として有名である。

莫㆘折㆓一枝㆒簪㆗白頭㆖　　一枝を折って白頭に簪（かざ）す莫（なか）れ
渠縦不㆑愧我応㆑羞　　渠（かれ）は縦（たと）い愧（は）じずとも我応（まさ）に羞ずべし
近来自覚情懐淡　　近来自（おのずか）ら覚ゆ情懐の淡なるを
老与㆓名花㆒風馬牛　　老と名花と風馬牛

功名、富貴、色欲等の一切の煩悩に超然とした心境を詠む。

峻節清香自絶倫
男児宜学此精神
世間碌々風流士
不比英雄比美人

雄心馬上奉公身
笑殺世間争利人
風雪敲窓寒似鉄
評楠論葛至鶏晨

峻節清香自(おのずか)ら絶倫
男児宜(よろ)しく此の精神を学ぶべし
世間碌々風流の士
英雄に比せずして美人に比す

雄心馬上奉公の身
笑殺す世間争利の人
風雪窓を敲(たた)き寒鉄に似たり
楠(なん)を評し葛(かつ)を論じて鶏晨(けいしん)に至る

和歌

いかり猪のあとかへり見ぬいさましさかくあらまほし武士のみち
明治八年一月八日作。

此の雪をものうく君のみますかな越路の空はよし晴るゝとも
降る雪に思ひ出でけり浪花江によしの花飛ぶ秋の夕ぐれ
右二首は明治八年一月二十九日の作。

月に雲花に嵐の無かりせば浮世は如何で物憂かるらむ
明治九年三月十日作。

心せく旅にしあれど幾度か思はず花に駒留にけり
明治九年三月十一日、日記に「朝七時半南関（熊本県）ヲ発ス。途上有二国詩一」とあり、熊本鎮台司令長官野津鎮雄少将の命により、小倉から熊本へ向かう途上の作。

ちりを吹く嵐に花をなやまする都の春は物憂かりける

明治九年三月十五日、前記帰任の途上「筑紫ヨリ太宰府ニ入ル」時の作。

飢えるとも穢(きたな)しものは喰(くら)はじと誓ふ心の有ればこそ人

明治九年三月二十八日の作。

時きぬとま籬(がき)にすだく虫の音も物あはれにぞ聞かれぬるかな

みな人のたのしくや見む望月(もちづき)も心さみしくながめられけり

こぞよりもことしの秋は物うけれ又くる年はいやまさるらむ

右三首は、明治九年十月六日の作。

この頃、令弟玉木正誼より、しばしば前原一誠の挙に加わるよう書簡があったことが、日記に見えている。令弟の身を案じ、今宵の明月に感傷の思いを託したものか。

去年(こぞ)の春おのがちしほのくれなゐをことしはす田に花と見るかな

明治十一年の春、歩兵第一聯隊長時代の作。

張(はり)つめし案山子(かかし)の弓はそのまゝにあられ玉ちる那須の小山田(をやまだ)

明治二十四年暮、那須野に閑居中、吉田庫三氏に送られた作。

たらちねのゆめやすかれといのるなり心してふけ那須の山風

日清戦争出陣の折の作。

かずならぬ身にもこゝろのいそがれてゆめやすからぬ広島の宿

「肥馬大刀尚未酬」の詩と共に日清戦争の際、広島にての作で、この詩歌自筆の書に次の識語がある。

「明治二十七年十月九日正午於広島城内大本営御陪食之後徳大寺侍従長ヨリ天覧ニ供セラル蕪詞ニ首書シテ家児等ニ示ス」

高砂の島成(も)る身にも秋は来ぬはゝその森に霜やおくらむ

明治二十八年の秋、台湾から吉田庫三氏宛の書簡中にこの和歌の原作がみられる。「高砂」は台湾の別称。「はゝそ」は樫の古名で母とかけている。

武士(もののふ)は玉も黄金(こがね)もなにかせむいのちにかへて名こそをしけれ

明治三十一年将軍が台湾総督を辞して閑居中、ある商人が将軍に利殖事業を説いて賛成を求めた時、将軍は右の歌一首を認めて、これに応じなかったという。

ときはなる老木(おいき)の松は真鶴(まなづる)の千(ち)とせをちぎる友にやあるらむ

新年（明治三十三年）勅題「松上鶴」を詠じたもの。

野も山も埋みはてたる雪の上に影も凍るや弓張の月

明治三十五年一月十日、蓋平役記念日の作。「車中ニテ」と題してある。この雪の朝早く、将軍は那須野から野木神社に詣で、野木尋常小学校の請いにより「勇気ノ必要談」を生徒一同に話し、その帰途車中で詠まれた。

はたち余り五年（いつとせ）けふの物語り過にし友のしたはしきかな

明治三十四年第十一師団長時代、多度津の旅館において、熊本籠城記念会を催した時、同会幹事江口和俊氏にあたえられた作。

「はたち余り五年」は二十五年。

いとまあらば君も一度来て見ませ那須野が原の雪のあけぼの

勇ましき弓張月に引きかへて影もさびしき片われの月

明治三十五年一月三十一日の作。寺内中将より

「時おりは来ても見ませよ都路の柳にかゝる弓張の月」

の歌を送られ、その返歌として詠まれた。

物憂（ものうく）もまたたのしくも聞人（きくひと）のこゝろぐ〳〵に鳴くほとゝぎす

明治三十五年六月三十日の作。

民草(たみくさ)の汚(けが)れをあらふ雨にしあれば朽果てぬ間にそらも晴なむ

明治三十五年八月十二日の作。

春おそき此(この)山里に住人(すむひと)は秋のもみぢを早く見るらむ

春おそき里にすむ身は幸もありて秋の紅葉に早く逢ひけり

山里に花咲春はおそけれど秋の紅葉は早く来にけり

右三首は、明治三十五年九月十二日の作。

いでませる吉備(きび)の宮居や守るらむくまなく照す弓張の月

朝まだき岩が根木の根ふみさくみ誰かこゆらむ吉備の中山

右二首は、明治三十五年十月、天皇が九州における大演習御統監のため、御西下の御途次、岡山地方に御注輦あそばされた時、陪従の将軍が詠まれたもの。

ほの〳〵とあけぬるかたを見渡せばたまの二島海にうかびて

ほの〳〵としらむ波間を見渡せばたまの二島うき出(いづ)る哉

朝日かげむかしながらに匂ふかな豊浦の里のかりの宮居に

山姫もみゆきまちけむみね〳〵ににしきの幕を引きわたしたる

「峯紅葉」の題がある。

さしのぼる波間の月をそのまゝにこのかり宮のみあかしにせむ

「海上月」の題がある。

野に山に討死なしゝ友人の血の色見する木々のもみぢ葉

「明治三十五年十一月九日、御輦に随ひ奉りて木葉植木の古戦場を過る折に」と端書がある。

天津風とく吹はらへ大君の御旗にかゝるあま雲の影

「おなじ十三日の暁がた雨しばし降りければ」と端書がある。

右七首の詠草を納めた封筒の表に「明治三十五年十一月、於二豊浦行在所一岡沢侍従武官長へ相渡候。畏も（不明）御汽車中ニ而（不明）天覧之上御直しを賜り、藤波主馬頭執筆し、別紙同月十三日於二熊本行在中一再岡沢侍従武官長下渡相成候者也。」

なおこの事につき、将軍薨去の後、藤波主馬頭は玉木正之少佐に書面を送られて、左の如く述べておられる。

「明治三十五年、九州にて大演習行はせ給ふとて、行幸ましますう道すがら、十一月十日といふに、御召列車の田原坂を過ぎさせ給ふ折、勅によりて御前にまう上りければ、古をや偲ばせ給ひけむ、御歌よませ給ふ。

武士のせめ戦ひし田原坂松も老木になりにけるかな
此のうた乃木に見せよと仰言あり、更に乃木の歌正し与へつ汝書きてとらせよとの仰言うけたまはり、言忠（藤波）やがて筆をとりて書き加へしものなり。
今この詠草に有りしまゝを一言書きそへてよと乞はる、儘に、いなみがたくて斯くなむ。」と記してある。
勅批（陛下の御添削）は次の如くである。

とあけぬる　を見渡せば　かひて
しのゝめのほの〳〵あくるかた見れば珠の二島海にうきいてぬ
ほの〳〵としらむ波間を見渡せはたまの二島うき出るかな
（原作のままお下げ渡しになる）

かな
朝日影むかしなからに匂ふらむ豊浦の里のかりの宮居に

大君の今日みそなはすいくさだち人もいさめり駒もいさめり
きのふけふ賤が門田はかりほしぬ御園の菊もさかりなるらむ
右二首も明治三十五年十一月の九州大演習の時の作と思われる。
埋木の花さく身にはあらねども高麗もろこしの春ぞ待たる、
明治三十六年三月、那須野から石黒男爵におくられたもので、「三月八日感ありと題してある。
右の歌に対して、石黒男爵は「埋木にさくは桜の花ならでこまもろこしの雪にぞありける」と返歌をしたゝめ、更に先日約束しておいた軍刀を貸して頂きたいと書いた末に「杖にでも翁の借り刀」と詠んで送ったのである。すると将軍は、次の二首を返書中に認めて答えられた。

この太刀はめだちしものにあらねども君の御用に立つぞうれしき
雪ふれば枯木に花をなすものを埋木(うもれぎ)のみぞあはれなりけり
春の花におくれがちなる山住(やまずみ)は秋の紅葉(もみぢ)を早く見てけり

明治三十六年九月十八日の作。

鬼怒川のさかまく水に荒駒を打入れ渡(わた)す武士ぞいさまし
武士が乗る荒駒の勇みあひて那須の広野も狭くぞおもほゆ
つはものの野路の宿りのかがり火をつれなくしめす秋の夜の雨

右三首は、それぞれ明治三十六年十月十四日、十五日、十六日の作。翌十一月に行われる栃木県下騎兵第二旅団の演習の予行を見て詠まれた。

那須野なる我すむ宿の板びさしむかしながらの霰(あられ)をぞきく

那須野なる板ふき家根の一つ屋に霰聞とて我ひとりすみぬ

右二首明治三十六年十月二十一日の作。

露営より鬼怒の河辺の小松原霜に更け行く有明の月

明治三十六年十一月九日の作。騎兵第二旅団演習見学の際詠まれた。

苔むせる巌（いはほ）の上に若松の根占（ねじめ）もかたくいやさかへける

明治三十六年十二月三十一日の作。

「勅題巌上松」と題してある。

花を待つ身にしあらねど高麗（こま）の海に春風ふけといのるものかな

明治三十七年日露役に出征前、留守近衛師団長時代の作。

此儘（このまま）に朽もはつべき埋木の花咲春に逢ふぞ芽出たき

明治三十七年四月四日、日露役出征の内示（大命は五月二日）をうけた直後の作。

野に山に討死なせし益荒雄（ますらを）のあとなつかしき撫子（なでしこ）の花

明治三十七年六月八日の作。六月七日金州に至り、有名な「山川草木」の詩を作り、翌八日金州を発ち、北泡子崖に向う時に詠まれた。

射向ひし敵（かたき）もけふは大君のめぐみの露に沾（うる）ほひにけり

明治三十八年一月三日の作。西大将の「きのふまで砦を守る仇人も、けふは浮世の友にやあるらむ」の返歌。なお、同年元旦旅順開城、同五日有名な水師営の会見が行われた。

戦のしばしひまある秋の野に若殿原の競ひ馬見る

法庫門滞陣中の作。明治三十八年九月二十日、桂弥一氏宛の書状に「霜葉野花辺外秋」の詩とともに認められたもの。

「我騎兵団ノ将校、下士、卒ノ競馬ヲ蒙古地境ニ見テ」と題してある。

去年（こぞ）のけふ高崎山の岩むろを君もわすれじわれ忘れめや

この歌は「明治三十八年十二月一日於満洲法庫門」と題してある。

去年の今日二〇三高地の激戦を思い、当時第七師団長であった、大迫尚敏中将（後の大将子爵）に法庫門の陣中から送られたもの。

なれぬれば夜毎にひゞく筒音もかりねの夢にさはらざりけり

日露戦役中の作。

咲くことをなどいそぎけむ今更にちるををしとも思ふ今日かな

「悼両典」と題して詠まれた。両典とは長男勝典、次男保典のこと。

まがつひのあらびはあらじもの、ふの剣の光りくもらざりせば

日露戦役後の作。

たけはやのたけき御陵威にもろ〳〵のとほきえみしもまつろひにけり

年代未詳であるが、おそらく日露戦役後の作であろう。

新玉の年の初の朝日影松の緑も弥まさりけり

新玉の年立ちかへる松枝にしめ引はへて緑そひけり

千歳ふる松の緑の色そよぎ初日輝く秋津島山

門の松にしらしめ縄を引はえて神代ながらの朝日をろがむ

四方の海の波も静かに島山の松の緑に朝日輝く

右五首は、明治三十九年御題「新年松」に因んでの作。

位山神代ながらの古道をたづねむ人のあれよとぞおもふ

開けゆく道やすらかに位山のぼる心のはづかしきかな

右二首、明治三十九年六月、飛騨地方旅行中の作。

後に櫟（一位）で作った笏を佐々木（高行）侯爵に贈られた。自分の官の累進を「身に過ぎたる恩遇」としてその心境を位山の名になぞらえて詠まれたもの。

朝日てる富士の神山あふぎ見れば心もそらにすみ渡りけり

この歌の原作は「仰ぎ見れば心もいとゞすみわたる朝日てりそふ富士の神山」とあって、後にこれを改められた。

なお、この歌は明治四十年七月、学習院の学生と片瀬遊泳場に滞在中、絵葉書の青写真に将軍自ら富士山を画き、これに題されたもの。将軍は自費を以て右の絵葉書を作製し、遊泳記念として学生の土産の代りにされた。

なお他の自筆には初句「朝日さす」結句「すみ渡るなり」と認めてある。

いぶせくもたゞ茂りあふ夏草の中に咲くや撫子の花

この歌は明治四十年七月、片瀬遊泳場での作。学習院の学生鶴殿家勝氏のために、その扇面に撫子の花を描いてこの和歌を記す。

浪風をはやくやすめて学び子のさちを守れや江の島の神

明治四十年七月の作。

岩角に咲く撫子の紅を誰が血潮ぞと偲てぞ見る

二つ三つ岩間に開く撫子は今も血潮と見ゆるなりけり

右二首は、明治四十一年の初夏、日露役後三年ぶりで、将軍が旅順の戦跡を訪ねた時、六月八日の日記「山下大尉、野田大尉案内、爾霊山ニ登リ、高崎山ニ登リ、水師営会見所ニ午食。云々。」として認めてある。

撫子の花にも心おかれけり我友人の血にやあらぬと

明治四十一年六月十五日の作。この日将軍の乗船鉄嶺丸は大連より門司に入港、将軍は帰国の第一夜を下関の山陽ホテルで過ごされた。

そのかみの血汐の色も偲ばれて心おかるゝ撫子の花

明治四十一年六月二十二日の作。この日将軍は「登院参内写真等ヲ待従長迄進呈」された。

桜よし紅葉もそめて水清くたがみよし野となづけそめけん

吉野山秋のけしきをたづぬれば白雲ならでそむるもみぢば

霜にさゆるひづめの音に心せよひんがしの空に弓張の月

皇軍（みいくさ）の神代のおきてとはまほし久米ものゝべの遠つみおやに

天津日の光をうけし皇軍は神代も今も幸ぞありける

右五首は明治四十一年十一月の作。

「奈良大演習之節　桜よしハ高橋侍従武官ヨリ　外四首ハ岡沢武官長ヨリ　天覧ニ供シ畏クモ御批ヲ賜リタリ」と自記されている。勅批は次の如くである。

吉野山にて

もそめて　く
桜よし紅葉もまたよし水清したかみよし野となつけそめけん

吉野山

をたつぬれは　そむるもみちは
吉野山秋のけしきはかしこくも白くもならてにしきなりけり

「十二夜行軍」にと題したる三首の中、「霜にさゆる」「皇軍の」はそのままで

うけし　そ
天つ日の光をせをふ皇軍は神代も今も幸はありける

と勅批を賜った。

時雨（しぐれ）して柳桜はちりはてぬみやこ大路も秋ふけにけむ

明治四十一年十一月、奈良大和地方において、明治天皇御統監のもとに行われた大演習の時の作。

冬ながら后（きさい）の宮のましませば春心地なる静浦の里

明治四十二年一月、沼津に御避寒中の皇后陛下の御機嫌奉伺のため御用邸に参向せられた時の作である。

駒とめてしばしは我を忘れけりあさ日に匂ふ花の下かげ

花霞上野の山にたちこめて有明の月も朧なりけり

右二首は明治四十二年四月九日の早朝の作。将軍は白馬にまたがって、突如石黒忠悳男爵を訪ね、筆紙を乞い「今朝五時家を出でて東台を過ぎ、暁花を見て二首を得たり。」と言って書き示された。東台は上野東叡山のこと。

横に行ものとや人を思ふらんおのれを知らぬ蟹（かに）の心に

明治四十二年八月二十二日の作。伊勢二見の神陵園清水石仙氏の願いに応じて、同氏手製茶碗にこの和歌を書かれた。

ながかれといのらぬものを武士（もののふ）の老いくるゝまでのびし玉の緒

明治四十二年十月二十六日の夜、「伊藤公（博文）ハルピン駅頭に暗殺せらる」の号外を手にしての作。

遠くとも花ある道をたどりなむ人にまたるゝ身にしあらねば

明治四十二年頃の作。

きのふけふふるとしもなき春雨に柳さくらはいろづきにけり

明治四十三年三月、清水澄博士におくられたものを後に改作して右の歌になった。

久和（くは）し戈千足（ほこちたる）の国のますら雄のあらみ魂こそ剣なりけれ

明治四十三年五月、桂弥一氏に銘刀一振を贈られたが、その刀を包める紫袋の裏面にこの歌を記す。

いたづきは我おこたりのとがなれば大みめぐみになにとこたへん

たまはりの花のかず〳〵夏のあした秋のゆふべも色さやかにて

思ひきや酒ものまずに今日の月かゝるところにかくてみむとは

いたづらに立ち茂りなば楠の木もいかでかほりを世にとゞむべき

根も幹も枝ものこらず朽果てし楠の薫りの高くもあるかな

いたづきの身にはことさらひゞきけり夜すがらたえぬ雨だりの音

右六首は、明治四十三年八月中旬から、中耳炎を病み赤十字病院に入院中の作。
「たまはりの……」は、入院中畏き辺より御見舞をたまわった時の謹詠。
「思ひきや……」は、九月十八日陰暦仲秋明月の夜に詠んだもの。

あなたふと弦巻（つるまき）山の朝げしき東に初日西に富士が根

千早振（ちはやぶる）神代ながらの朝日かげとしのはじめにあふぐたうとさ

すめみまの宮居はいづこ海（うな）づらの里にきほひて朝日かゞやく

右三首とも、明治四十四年一月元旦の作。

有明の月影さゆる雪の上にひとりこほらぬ梅が香ぞする

明治四十四年一月二十一日の作。

この歌の題詞には「二十一日雪の暁に」と認めてあり、新年の御題「寒月照梅花」を詠まれたもの。

よき友とかたりつくしてかへるよのそらにくまなき月をみしかな

さやかなる月影ふみてゆく道は遠きもうしと思はざりけり

思ふどち語りつくしてかへる夜のそらには月もまどかなりけり

かたらじと思ふこゝろもさやかなる月にはえこそかくさゞりけれ

右四首は明治四十四年二月十二日夜の作。「さやかなる……」以下三首は井上通泰氏と語り合い、学習院に帰られた後、同氏に送られたものと言う。

宮つこの朝ぎよめする袖の上にほろ〳〵とちる山桜かな

明治四十四年五月四日の夜、学習院第五寮において茶話会を開いた時、黒板に書いて示されたもの。「社頭落花」と題してある。

御名代の宮のましますふねの舳になみなたゝせそ和田つみの神

加茂丸の艫さきになびく旭の御旗和田つみの神もまもりますらむ
朝な〳〵をろがみまつる東の空にたふとき天つ日のかげ
東に豊栄のぼる天つ日のかげみち渡る大うみのはら
大ぞらの壁たつきはみたひらけく青海原にさゞなみもなし
さやかなる月のひかりに和田の原黄金しろがねなみの花さく
大ぞらのくまなき月を仰ぎつゝ青海原を渡るすゞしさ
波の上に月影きよきよもすがら友とかたりつ酒をくみつゝ

右八首は、明治四十四年六月、英国皇帝戴冠式に両陛下の御名代として東伏見宮依仁親王同妃両殿下御渡英の際、東郷大将と共に随行した時の作。

朝まだき武庫の河原はきりこめて駒のひづめの音のみぞする
千万の火筒のひびきとゞろきてやみ夜のそらもしらみそめけり

右二首は明治四十四年十一月、肥筑（熊本・福岡県）地方大演習に先だって、摂津（兵庫県）にて第四、第十六師団対抗演習の行われた時の作で、それぞれ「将校斥候」「夜戦」と題されている。

そのかみの血しほの色もしのばれて紅葉ながるゝ大刀洗川

千五百秋の瑞穂の国の民草のしげりに茂る御代ぞめでたき

右二首は、明治四十四年十一月、肥筑地方大演習陪観の折の作。それぞれ「菊池氏古戦場」「奉迎拝観人如堵」と題されている。

わするなよ秋の紅葉に春の花に血潮ふみつゝ進みし時を

明治四十四年十二月、爾霊山占領第七周年記念の席上において、馬場中尉に書きあたえられた作。

緋縅や小桜をどし春ふけてもえぎをどしに卯の花の袖

明治四十五年四月頃の作。

ほとゝぎすおのがまに〳〵なく声をこゝろ〳〵に人はきくなり

明治四十五年五月中頃、学習院内において詠む。

時ならで又面白くきかれけり青葉がくれの鶯の声

よき一日若殿原にさそはれて多摩の河原に遊びくらしぬ

むれあそぶ子らのしわざの面白くたまの河原にひと日暮しつ

右三首は明治四十五年五月十二日、輔仁会の遠足で多摩川に行かれた時の作。

さみだれにものみな腐（くさ）れはてやせむひなも都もかびの世の中

明治四十五年六月、学習院教員食堂において一同に示されたもの。「黴華美音近し」と追書されている。

大君の御楯とならむ身にしあればみがゝざらめや日本心を

以下掲げる歌は年代不詳のものである

百ちひとつ君が代祝ふつゝの音はうみの内外にとゞろき渡る

年代未詳であるが、紀元節の日に詠まれたものと言う。

この里にいつ初霜のふりつらむ櫨（はぜ）の葉ずゑはもみぢしにけり
身は老ぬよしつかるともすべらぎの大みめぐみにむくいざらめや
黒駒のしらあわはませますら雄が岩が根木の根ふみさくみゆく
しぐれふる片山蔭のならの葉はもみぢもあへずちりはてにけり
ちりひぢのいぶせかりつるあともなし大路小路に雪のつもりて
春あさみとふ人もなき梅ぞのを我もの顔に鶯の鳴く
我もまた皇軍人（みいくさびと）の数なればのどにはあらじのどに死なめや

雨はれて若葉すゞしき木(こ)の間よりさし出る月の影のさやけさ

ふる城にたてる鉾杉(ほこすぎ)影たかみ弓張月の入りかねて見ゆ

月ごとに月はみつれどひとゝせにくまなき影をいくたびか見る

松に吹く風ものどかに渡るなり花なき庭も月朧(おぼろ)にて

いねやらぬ人もあるらん望月のかたぶく空にこゝろのこして

散花(ちるはな)とかたぶく月のなかりせばいかでこの世の楽しかるべき

色あせて木ずゑに残るそれならでちりてあとなき花ぞ恋しき

霜にさゆるひづめの音に心せよひんがしの空に弓張の月

千早振(ちはやぶる)神代の月のさへあれば手洗川も濁らざりけり

ふるからに消えゆくあとのきよげなるなにゝたとへむ春のあは雪

はれてさへをぐらきものを夏木立(なつこだち)賤(しづ)が伏屋(ふせや)の五月雨(さみだれ)の空

狭田長田(さだをさだ)瑞穂(みづほ)の束(たば)もまさりけん神のめぐみの水無月(みなつき)の雨

ひろくともふみなまよひそすぐならぬいぶせかりけるみちならぬ道

花をいけ茶をのむ道をならふとも腹切るすべをわするなよ君

大君のへにこそ死なめもののふはうきてう事のなどかあるべき
われゆかば人もゆくらむ皇国のたゞ一すぢの平らけき道
国のため散る一ひらは惜しまねどあだにぞ散るな大和桜は
青柳のいとおもしろく白玉のみすまるなしぬ春のあは雪

みすまる（御統）は上代の首飾りや腕輪のこと。

くれかゝる空にほのめく星が岡ひえの社の春の夜神楽

「ひえの社」は山王権現を祀る日枝神社のことで、その境内一帯の地を星が岡と呼ぶ。

筑波山峰はさやかに見ゆれどもふもとはなべて霞なりけり

（辞　世）

神あがりあがりましぬる大君のみあとはるかにをろがみまつる
うつし世を神さりましゝ大君のみあとしたひて我はゆくなり

右辞世二首は、大正元年九月十三日、明治天皇の御大葬当日、将軍切腹殉死の際、詠まれたもの。

なお、将軍の和歌の師である井上通泰氏に次のような手記がある。

「大将の詠まれた二首の辞世を自分に見せられたのは、自殺の一ケ月前即ち八月十三日であったが、その歌は二首共に結句は『をろがみまつる』となってゐた。のち辞世が発表になってから見たら、この第二の歌の結句は『我はゆくなり』となってをる。其れは恐らく初めから『我はゆくなり』であったらうが『我はゆくなり』のまゝで人に見せては殉死の決心が自然現れるので『をろがみまつる』として自分の添削を受けられたものと思ふ。大将は其の後八日（九月）の朝に自分を訪はれた時にも又この事を話されて『二首共末が同じでをかしいが』と言はれたから、自分は『上の句が違ってゐますから、それで宜しいでせう』と答へた。然るに八日の朝、自分を訪はれた後、其の足で目白の山県公（有朋）を訪はれたさうであるが、其の時山県公の処に、半切に書かれたのにも、やはり二首共に結句は『をろがみまつる』となってをるさうであります。」

同日、静子夫人の辞世

　いでましてかへります日のなしときくけふのみゆきにあふぞかなしき

を井上氏にみせたところ「至極よろし」かるべき旨答えたということである。

西郷隆盛（さいごう　たかもり）

文政十年、鹿児島に生れる。薩摩藩士として島津斉彬に仕える間、藤田東湖、橋本左内らの志士と交って討幕運動に従うが、安政の大獄で帰藩すると遠島を命じられ、海上に身を投じるも、死に至らなかった。斉彬の死後、藩政を担った島津久光の意を得られなかったため、再び遠島に処せられるが、赦免されて禁門の変に始まる政局に周旋しては、薩長軍事同盟を成立させて、王政復古への布石を固める。維新後は新政府の中枢にあって、諸施策の推進につとめるなかで、征韓論を唱えたのが容れられず、下野して郷里に私学校を創設、折から相次いだ士族の叛乱に私学校生徒が同じたことから、明治十年に西南戦争を起し、七ヵ月に及んだ戦闘の果に自刃。

乃木希典（のぎ　まれすけ）

嘉永二年、長州藩士の子として江戸に生れる。藩校明倫館に学んで戊辰戦争に参戦、維新後は近代の兵制の整備に合わせるようにして軍事教育を受け、陸軍の軍人の途を歩む。西南戦争では連隊旗を敵方に奪われたことで自決に及ぼうとしたのが心の傷痕となるまま、ドイツ留学を間に挟んだ日清戦争に際しては台湾へ進軍し、その後台湾総督に就いた。大将、第三軍司令官として臨んだ日露戦争において指揮をとった旅順攻略は、降ったロシア軍司令官ステッセルとの水師営での会見とともに、巷間に語り継がれること久しく、後年は学習院長に任じ、また伯爵を授けられる栄誉に浴したが、明治天皇が崩御した明治四十五年、その大葬の当日に夫人と自刃した。

近代浪漫派文庫　3　西郷隆盛　乃木希典

二〇〇六年四月十三日　第一刷発行

著者　西郷隆盛　乃木希典／発行者　小林忠照／発行所　株式会社新学社　〒六〇七―八五〇一　京都市山科区東野中井ノ上町一一―三九　印刷・製本＝天理時報社／DTP＝昭英社／編集協力＝風日舎

ISBN 4-7868-0061-9

落丁本、乱丁本は左記の小社近代浪漫派文庫係までお送り下さい。送料小社負担でお取り替えいたします。

お問い合わせは、〒二〇六―八六〇二　東京都多摩市唐木田一―一六―二　新学社　東京支社

TEL〇四二―三五六―七七五〇までお願いします。

◉近代浪漫派文庫刊行のことば

文芸の変質と近年の文芸書出版の不振は、出版界のみならず、多くの人たちの夙に認めるところであろう。そうした状況にもかかわらず、先に『保田與重郎文庫』(全三十二冊)を送り出した小社は、日本の文芸に敬意と愛情を懐き、その系譜を信じる確かな読書人の存在を確認することができた。

その結果に励まされて、専ら時代に追従し、徒らに新奇を追うごとき文芸ジャーナリズムから一歩距離をおいた新しい文芸書シリーズの刊行を小社は思い立った。即ち、狭義の文学史や文壇に捉われることなく、浪漫的心性に富んだ近代の文学者・芸術家を選んで四十二冊とし、小説、詩歌、エッセイなど、それぞれの作家精神を窺うにたる作品を文庫本という小宇宙に収めるものである。

以って近代日本が生んだ文芸精神の一系譜を伝え得る、類例のない出版活動と信じる。

新学社

新学社近代浪漫派文庫（全42冊）

① 維新草莽詩文集
② 富岡鉄斎／大田垣蓮月
③ 西郷隆盛／乃木希典
④ 内村鑑三／岡倉天心
⑤ 徳富蘇峰／黒岩涙香
⑥ 幸田露伴
⑦ 正岡子規／高浜虚子
⑧ 北村透谷／高山樗牛
⑨ 宮崎滔天
⑩ 樋口一葉／一宮操子
⑪ 島崎藤村
⑫ 土井晩翠／上田敏
⑬ 与謝野鉄幹／与謝野晶子
⑭ 登張竹風／生田長江
⑮ 蒲原有明／薄田泣菫
⑯ 柳田国男
⑰ 伊藤左千夫／佐佐木信綱
⑱ 山田孝雄／新村出
[19] 島木赤彦／斎藤茂吉
⑳ 北原白秋／吉井勇
㉑ 萩原朔太郎
㉒ 前田普羅／原石鼎
㉓ 大手拓次／佐藤惣之助
㉔ 折口信夫
㉕ 宮沢賢治／早川孝太郎
㉖ 岡本かの子／上村松園
㉗ 佐藤春夫
㉘ 河井寛次郎／棟方志功
㉙ 大木惇夫／蔵原伸二郎
㉚ 中河与一／横光利一
㉛ 尾崎士郎／中谷孝雄
㉜ 川端康成
㉝ 「日本浪曼派」集
㉞ 立原道造／津村信夫
㉟ 蓮田善明／伊東静雄
㊱ 大東亜戦争詩文集
㊲ 岡潔／胡蘭成
㊳ 小林秀雄
㊴ 前川佐美雄／清水比庵
㊵ 太宰治／檀一雄
㊶ 今東光／五味康祐
㊷ 三島由紀夫

※白マルは既刊　四角は次回配本